필사는 도끼다

필사는 도끼다

얼어붙은 감수성을 깨는 지성의 문장들

김지수 지음

다산북스

일러두기

1. 2015년 시작된 인터뷰 시리즈 「김지수의 인터스텔라」 속 문장들을 발췌 및 편집해 필사문으로 수록
   했으며, 필사문 아래에 해당 인터뷰 및 인터뷰이에 관한 김지수 기자의 추신을 덧붙였습니다.
2. 우측 페이지 상단의 말풍선 속 QR코드를 통해 인터뷰 전문을 읽을 수 있습니다.
3. 차례에는 필사 여부를 기록할 수 있는 빈칸이 있습니다. 필사를 마칠 때마다 표시를 해나가며 인생의
   멘토들과 만나는 시간을 차곡차곡 쌓아보세요.

자, 이제
도끼질을 시작하자!

'필사는 도끼다'라고 쓰고 나니, 세 사람이 떠오릅니다. 파울로 코엘료, 김훈 그리고 이어령.

파울로 코엘료는 피레네 산맥 아래서 만났습니다. 비행기와 기차와 택시를 타고 산 넘고 물 건너 찾아갔을 때, 그는 마침 양손에 도끼를 쥐고 장작을 패고 있었습니다. 오전에는 활을 쏘았다더군요. 구릿빛 몸에 영적인 노동자의 분위기를 풍기던 노작가가 했던 말이 귓전에 생생합니다.

"내 손이 지닌 힘의 결과를 직접 느끼면 인생이 좀 만만해집니다. 나에 대한 의심은 줄고 자긍심은 충전되지요."

'닦고 조이고 기름 치자.'

김훈의 작업실에 걸려 있던 녹색 칠판의 흰 글씨도 선명하게 기억납니다. 소설가의 작은 방 조명등 밑에는 원고지와 몽당연필이 가득했습니다. 밥벌이의 고단함을 견디며 매일 200자 원고지를 한 장 한 장 채우기 위해 모든 감각을 필사적으로 닦고 조이고 기름 치던 김훈. 글 쓰는 힘이 어디에서 오느냐는 제 질문에 웃으며 그러더군요.

"글 쓰는 힘은 어깨에서 시작해요. 손가락을 지나 연필 끝으로 이어지는 힘의 축선이 있어요. 그게 글쓰기의 힘줄이에요. 매우 중요한 사실입니다."

젊은 시절, 허공에 도끼질하듯 자일Seil을 걸어 암벽 위를 오르던 등반 감각 그대로, 늙은 김훈은 오늘도 백지 위에 하루하루 연필 자국을 찍으며 나아갑니다.

이어령 선생이야 말해 무얼 할까요. 디지털의 최전선에 있던 분이지만, 돌아가시기 전까지 희미해지는 육신을 다잡아 펜을 그러쥐고 '눈물 한 방울' 같은 글을 쓰셨습니다.

"너, 존재했어? 너답게 존재했어? 너만의 이야기로 존재했어?"

눈물 나는 이야기지요.

필사란 무엇일까요? 도끼질입니다. 장작을 쪼개듯 암벽을 찍어 오르듯, 오늘 내가 여기 살아 있음을 새기는 존재의 도끼질이지요. 흘러가는 언어를 붙잡아 내 인생의 적재적소에 꽂아 넣는 구체적 행위,

그게 바로 필사입니다. 그 행위의 행간에서 번개 치듯 쏟아진 이미지가 바로 이 세 분의 '자기감'이었습니다.

빛의 속도로 변해가는 세상, 시간이 주인공인 세상에서 미끄러지는 기분이 들 때마다, 저 또한 지푸라기라도 잡고 싶었습니다. 나로 살기 위해, 나라는 실물로 존재하기 위해. 우리는 아침부터 밤까지 흘러넘치는 언어의 플로우flow에서 '존재의 좌표'를 찍기 위해 나만의 언어를 꽉 붙들어야 합니다.

내 앞에 당도한 언어는 어떤 존재입니까? 나를 만나기 위해 저 먼 시간의 상류에서 흘러 흘러 가장 알맞은 때에 도착한 선한 손님입니다. 너무 이르면 그 문장의 얼굴을 알아볼 수 없고, 너무 늦으면 그 문장의 의미를 깨달아도 몸으로 행할 수 없어 필시 가슴에 사무치고야 말, 현자의 언어들이지요.

일찍이 '책은 도끼다'라고 선언한 사람은 카프카였습니다. '한 권의 책은 우리 안의 얼어붙은 바다를 깨는 도끼여야 한다'고 그는 썼지요. 책이라는 도끼에서 칼날의 역할을 하는 것은 대개 몇 개의 문장입니다. 그러나 좋은 문장을 정확한 타이밍에 만나는 일은 쉽지 않습니다. 철학자 한병철은 『정보의 지배』라는 책에서 '정보는 가산적이고 누적적이다. 반면 진실은 서사적이고 독점적이다'라는 말로 언어의 몸을 입고 떠돌아다니는 정보와 진실을 구분하기도 했습니다. 정신 못 차리고 정보 사료만 먹다 보면, 모두가 똑같은 얼굴을 한 디지털 가축으로 전락할 수 있다고 철학자는 경고합니다.

무엇보다 머무르는 것이 중요합니다. 좋은 문장에 멈춰서 쓰다 보면 내 안의 감정과 서사의 뿌리도 건드려집니다. 그 순간 보편적인 진리는 나만의 진실로 거듭나고, 그렇게 뿌리가 또렷해진 언어는 인생의 방향을 가리킵니다.

뿌리와 도끼의 방향을 잡아줄 문장의 안내자로 작심하고 「김지수의 인터스텔라」 10년의 에센스를 모았습니다. 10년 동안 쌓인 「김지수의 인터스텔라」에는 제러미 리프킨, 다니엘 핑크, 찰스 핸디, 말콤 글래드웰, 폴 블룸 등 각국의 지성은 물론이고 이어령, 윤여정, 김혜자, 김형석 등 우리가 좋아하는 어른의 언어와 장기하, 송길영, 조수용 등 업의 장인들의 역발상의 언어가 평화롭게 레이어드 되어 있습니다.

이 책을 위해 2015년부터 2025년까지 업로드 되었던 400만 자의 인터뷰 텍스트 중에서 칼 같은 문장, 시 같은 문장, 때론 빵이 되고 소금이 되어줄 문장들을 고루 가려 뽑았습니다. 페이지를 펼칠 때마다 경제학자와 배우의 말이, 작곡가와 금융가의 말이 튀지 않고 '이쁘게' 울려 퍼지는 인터스텔라만의 말맛을 즐기실 수 있도록.

각 문장은 사유의 각도와 효용을 고려해서 어른의 말, 지성의 말, 각성의 말, 안식의 말, 행복의 말 다섯 개의 장으로 구분해서 실었습니다. 어른들, 인문학자들, 장인들에게서 울림이 컸던 130여 개의 특정 발화 지점을 포착한 것입니다. 다른 층위의 경험, 고민 끝에 도달한 현자들의 말이기에, 내 인생 어느 순간에 적용해도 어긋나지 않을 거라 자부합니다(더 깊고 정확한 맥락을 원한다면 우측 페이지 상단에 있는 QR코드를 스캔해 인터뷰 전문을 음미하셔도 좋습니다).

문장을 하나하나 가려 뽑으면서 저는 인터뷰이들과 함께했던 빛나는 시간들을 생각했습니다. 때로는 높은 데시벨로 터지던 웃음, 갈라진 목소리 정중앙에서 완벽한 조형을 이루며 터져 나오던 한 줄의 언어, 그 소름 끼치던 합일의 순간을 여러분도 느껴보시면 좋겠습니다. 둥글고 어진 어투를 지녔지만 가을볕에 꽉 찬 낟알처럼 밀도 높은 그 말은 한 권의 책, 한 사람의 생애에서 발굴된 코어 텍스트이며, 지금도 변함없이 그 사람의 시간의 혈관을 타고 흐르며 성숙을 지탱하는 말이기도 합니다.

부디 너무 이르지도 늦지도 않게, 당신의 마음에 합한 언어가 당도했기를 바랍니다. 척추 신경을 타고 내려온 필사의 한 문장이 인생의 퍼즐 한 조각처럼 그대의 손아귀에 감각되기를 바랍니다. 쓸 수 있는 한 우리는 오롯이 존재할 것입니다. 어떻게든 해나갈 것입니다.

자, 이제 첫 도끼질을 시작합시다!

2025년 1월, 폭설로 새하얀 아침에
김지수

차례

2장. 높은 시선에서 바라본 지성의 말
얼어붙은 바다를 깨고 높은 곳으로 향하라

3장. 탁월한 직업인으로 이끄는 각성의 말
오늘도 책상 앞에서 머리를 움켜 쥔 모든 직업인에게

4장. 흐르는 삶으로 인도하는 안식의 말
안간힘 쓰지 않아도 모든 삶은 흐른다

5장. 마침내 이르게 될 행복의 말
행복은 결국, 지금 이 순간

필사를 마친 글에 표시하며 빈칸을 채워나가 보세요.

1장

내 삶의 어깨가 되어줄
어른의 말

어른의 말은
편견을 부수고 세계를 열어젖힌다

과거 tvN의 인기 프로그램 〈윤식당〉을 좋아했습니다. 윤여정, 신구, 이서진, 정유미……. 노인 둘, 청년 둘로 구성된 유사 가족이 발리의 바닷가에서 한식당을 열고, 우왕좌왕 서로 돕고 헤쳐나가는 일상을 보고 있노라면 미소가 절로 나왔습니다. 달콤한 불고기, 매콤한 라면을 후루룩 쩝쩝 맛있게 먹는 전 세계 여행자들을 훔쳐보는 재미도 재미지만, 무엇보다 오너 셰프 윤여정과 서빙 아르바이트생 신구의 성실하고 온화한 태도가 힐링이 됐지요.

이 프로그램을 기획한 나영석 PD의 애초 계획은 일본 영화 〈카모메 식당〉처럼 손님이 안 와도 주인이 위엄 있고 한가롭게 자기 라이프를 꾸려가는 그림이었다고 해요. 하지만 산업화 시대를 거친 우리 어른들은 당장 '인형 눈알 박기 100개라도 해낼 것'처럼, 장사에 몰입하더랍니다.

허리를 꼿꼿이 펴고 입구에 서서 하염없이 손님을 기다리는 신구, 힐끔힐끔 홀을 엿보며 맛있게 먹었나 궁금해하는 윤여정……. 그러면서도 손님이 비는 시간이면 얼음 잔에 담긴 화이트 와인을 홀짝거리고, 아침 일찍 수영하는 여유도 잊지 않는 어른들. 한 차례 식당이 철거되는 위기 속에서도 침착하게 마음을 다잡고, 저녁마다 서로의 노고를 치하하며 밝게 웃는 어른을 보면서 미래에 막연한 불안을 느끼던 젊은이들은 안도합니다. 웃으며 내일을 얘기할 수 있는 어른이 한 분만 있어도, 인생은 견딜 만하지 않던가요.

윤여정 선생의 말과 애티튜드는 시간이 지나갈수록 특별히 싱싱해졌습니다. 선생에게 아카데미 여우조연상을 안긴 영화 〈미나리〉를 저는 매우 좋아합니다. 폭풍 재난방송조차 잘 나오지 않는 아칸소 초원의 바퀴 달린 집에 사는 앤과 데이빗 남매는 하루 종일 병아리 감별장에 나가 일하는 부모를 기다리며 지내지요. 어느 날, 시들어가는 남매 앞으로 할머니라는 기적이 날아듭니다. 등장부터 퇴장까지, 윤여정은 어쩜 그렇게 다정하고 산뜻할까요. 젊은 시절 이민의 고단함을 경험했던 자신의 특별한 서사와 윤여정이라는 한 개인의 사적 매력이 스며든 이 아름다운 방문객을 보며 저는 크게 위로받았습니다. 척박한 환경에 뿌리내리려는 가족 구성원 각자의 안간힘을, 그 실수와 결핍을 비난하지 않는 특유의 천연덕스러움이라니!

농장을 일구려 했으나 수맥을 잘못 짚어 집 안의 식수를 마르게 하는 사위 제이콥도, 제 몸의 물줄기를 다스리지 못해 밤마다 오줌을 싸는 개구쟁이 손자 데이빗도 할머니에겐 큰 문제가 아닙니다. 물이 안 나오면 미나리 밭에 가서 개울물을 좀 길어 오면 되고, 오줌이 새면 "딩동 브로큰!"이라고 귀엽게 놀려먹으면 되는 것이지요.

모든 것이 불탔던 밤 이후, 달빛 아래 나란히 잠든 네 식구를 물끄러미 지켜보는 그녀의 검은 눈동자엔 윤여정의 배우 인생 74년이 우물처럼 고여 있었어요. 그 장면에서 왜 저는 문득 폭우가 몰아치던 밤, 박 사장 저택 거실 테이블 밑에서 벌레처럼 나란히 숨어 있던 〈기생충〉의 가족들이 떠올랐을까요. 왜 어떤 가족은 고난 앞에서 흩어지고 어떤 가족은 고난을 겪고도 파괴되지 않는 걸까요.

〈미나리〉의 가족은 볼수록 아름답고 가지런합니다. 어떻게 저렇게 감정이 습자지처럼 배인 깨끗한 얼굴로 서로를 지탱할 수 있을까, 서로의 고난에 동참하고도 충분히 원망하지 않을 수 있을까…….

그 바탕에는 '좋은 어른'이 담요처럼 깔려 있습니다. 이 영화의 영광은 '타인의 자리'를 인정하는 것이 윤리의 시작이라는 레비나스의 철학이 몸에 밴 한 노인이, 스크린 속으로 '스윽' 자기 인생을 끌고 들어오면서 시작됐습니다.

'좋은 어른'을 생각합니다. '좋은 어른의 말'을 생각합니다. '불시에 맨홀에 빠지고 천둥이 치는 게 인생이지만 닥치기 전까지는 즐겨야 한다'고 웃던 윤여정의 산뜻한 말투를 생각합니다.

1장 '어른의 말' 편에는 말씀드린 윤여정, 신구 선생을 비롯해서 한국, 영국, 프랑스 3국의 대표 어른인 이어령, 찰스 핸디, 파스칼 브뤼크네르 등 좋은 어른의 언어가 평화롭게 이어져 있습니다. 좋은 어른일수록 언어가 지닌 편견의 윤곽은 옅어지고 수용의 성곽은 넓어집니다. 그렇게 오랫동안 제가 인터뷰로 만났던 동서양의 좋은 어른들의 특징을 한마디로 요약하자면 '완전한 수용'이었습니다.

자, 이제 이들의 말을 따라 쓰면서 나는 어떤 방식으로 타인을, 고난을, 더 넓은 세계를 수용하고 있는가, 탐색해 보시기 바랍니다.

성실한 사람은
악마가 못 건드려

김형석
대한민국 최고령 철학자,
이 시대 최후의 지성

매일 밤 기나긴 일기를 써요.

문장이 잘 연결되게 하기 위해서요.

재작년, 작년의 일기장을 꺼내 2년간 무슨 일이 있었나 읽어보고,

그 시간을 연결 지어서 오늘의 일기를 쓰는 식이에요.

문장력이 약해지면 안 되니까 계속 훈련을 해요.

남들은 모르죠. 내가 지팡이 없이 걷기 위해,

이 나이에 강의 준비하기 위해 매일매일 얼마나 노력하는지요.

높은 산을 넘으니, 내가 산 넘는 게 쉬울 것 같지만,

그렇지 않아요. 고통은 아니지만 엄청난 노력이 필요하지요.

성실한 사람은 악마가 건드리지 못합니다.

유혹을 받는 것은 성실하지 못하기 때문이지요.

_2016년 8월, 「김지수의 인터스텔라」 인터뷰 중에서

p.s. 안창호 선생의 강연을 듣고 윤동주 시인과 함께 공부했던 이 어른은
인터뷰 내내 그 어디에서도 본 적 없는 부드러움과 위엄이 내비치는 다정
한 미소를 지었습니다. 마주 앉아 '사랑', '고독', '윤동주'나 '김수환' 같은
언어를 흘려보낼 땐, 늦여름 바람이 부드럽게 공기의 파동을 일으켰습니
다. 지금도 그 시간이 그립군요.

그래야 악이
상처받습니다

박주영
부산 지방법원
부장 판사

염치와 양심을 저는 거꾸로 난 가시라고 말해요.

제 몸을 파고드는 가시가 많은 사람은 늘 염치를 생각해요.

그런데 돈처럼 양심이나 공감 능력도

이미 가진 사람이 더 가져요.

그래서 착한 사람은 더 상처받고 악한 사람은 더 뻔뻔해지죠.

상처를 잘 받는 사람은

'잘못이 외부에 있다'는 걸 자각해야 합니다.

악인들이 정신 차리려면,

약하고 염치 있는 사람들이 씩씩하게 잘 살아야 해요.

그래야 악이 상처받습니다.

_2021년 11월, 「김지수의 인터스텔라」 인터뷰 중에서

p.s. 박주영 판사가 쓴 『법정의 얼굴들』은 아름답고 눈물겨운 문장으로 가득합니다. 그의 판결문은 오래 들여다보고, 많이 울어본 자만이 그릴 수 있는 구체적 사랑의 근경이었지요. 죽은 자의 판결문은 부고가 되고, 산 자의 판결문은 우리 사회에 보내는 편지가 됩니다. 이런 판사가 더 많아지면 좋겠습니다.

생은 맥없이
늘어지지 않아

파스칼 브뤼크네르

소설가이자 철학자,
프랑스의 대표적 지성

큰 실패를 경험하고, 머리가 하얘지고,

움직이는 게 힘들어지고…….

신체의 노화 징후가 나타나면 스스로 '늙었다'는 감정이 들죠.

그러나 세월의 파괴력은 역동성을 제한하기는 하지만

중지시키지는 못해요.

나이 먹는다고 철이 드는 것도 아니고,

나이 때문에 무너지지도 않기 때문에

자기 나이로 보이고 말고는 아무런 의미가 없습니다.

나이가 든다는 것은 당신이 지나갈 때

문이 저절로 닫히는 어두운 복도를 걷는 것과 같습니다.

가장 중요한 것은 한두 개의 문을

최대한 늦게까지 열어두는 것이지요.

_2022년 2월, 「김지수의 인터스텔라」 인터뷰 중에서

의젓한 존재가
되어보라

김기석
우리 시대의 목회자이자
기독교 사상가

수생受生은 수난이라고 합니다.

생명을 받는다는 건 사실 어려움, 고통 속으로 들어오는 거죠.

어떤 철학자는 탄생을 '세상에 내동댕이쳐졌다'라고도 해요.

선택하지 않았는데 던져졌으니, 암담하죠.

그런데 그렇게 던져진 존재는

하나의 존재가 아니라 '함께의 존재'입니다.

직면한 기본 정서는 불안과 암담이지만,

관계 속에서 선한 영향을 주고받으면

'불안의 악력'이 현저히 약해져요.

반대로 삶에 보람이 없으면

운명의 손아귀에 붙들리고 수순처럼 우울의 늪에 빠집니다.

그래서 신은 권유합니다.

한 번이라도 '타자에게 의젓한 존재'가 되어보라고.

_2024년 7월, 「김지수의 인터스텔라」 인터뷰 중에서

p.s. 이어령 선생님이 돌아가신 후 저는 신학과 인문학을 경계 없이 아우르는 김기석 목사의 언어를 만나 큰 위로를 받았습니다. 할머니가 옛이야기를 들려주듯 웃는 입에서 개울처럼 졸졸 흘러나오는 그의 언어에서 세상의 질서와 은총의 질서가 만나는 풍경을 봅니다. 은퇴 후 지인들이 서재로 마련해 주었다는 과천의 아담한 오피스텔을 찾아갔더니, 불 켜진 등대처럼 환하게 맞아주었습니다.

흐르는 물에
낚싯대를 드리우고

송승환

시력을 잃어갈수록
명랑해지는 대한민국의 배우,
공연 기획자

낚싯대가 여러 개면 잉어도 잡고 피래미도 잡아요.
유연하게 여러 역할 하며 보면
필요한 순간에 멀티도 되고 융합도 되죠.
평창올림픽 공연 무대도 그렇게 나왔어요.
낚싯대가 한 개면 부러지면 끝이지만,
여러 개면 '이거 안 되면 저거'라는 여유가 있어요.
공연 안되면 영상 하지, 눈이 안 보이면 귀로 들으면 되지…….
배짱이 있어야 대안도 나와요.
처음부터 욕심 내면 안돼요. 재미를 우선해야 노하우가 생겨요.
제가 하는 일의 순서가 그래요.
재미있는 걸 계속하면, 돈 버는 방법도 자연스레 풀려요.
물 흐르듯이요.

_2021년 9월, 「김지수의 인터스텔라」 인터뷰 중에서

p.s. 송승환은 2018년 평창동계올림픽 개폐막식을 성공적으로 지휘한 후
망막에 이상이 생겨 시력을 90% 이상 잃었습니다. 하지만 "눈이 안 보여도
사는 건 더 재밌다"라고 해요. 믿기 어려울 정도로 긍정적인 어른입니다.
인사 잘할 것, 낚싯대를 여러 개 드리우고 살 것……. 저는 이 두 가지만 잊
지 않으려고 합니다.

성실은 내 인생에 대한 예의

밀라논나
70대 유튜브
크리에이터

삶에서 진짜 귀한 것은 시간이에요.

오늘 24시간의 시간.

부자나 빈자나 24시간은 똑같이 받아요.

시간의 본질은 성실입니다.

성실은 내 인생에 대한 예의에요. 자존과도 연결되죠.

일단 눈뜨면 저를 토닥거려요.

"잘 잤니? 명숙아, 넌 잘 하고 있어. 여지껏 잘 해왔잖아."

기도하고 산책하면서 루틴을 다져요.

루틴은 나를 함부로 하지 않겠다는 다짐 같은 거예요.

루틴이 튼튼하면 일상이 무너지지 않아요.

_2021년 8월, 「김지수의 인터스텔라」 인터뷰 중에서

 p.s. 그가 하는 거의 모든 말이 반짝였습니다. 시신 기증서를 지갑에 넣고 다녔고, 황금빛 맥주를 즐겨 드셨습니다. 제 노년의 완벽한 모델입니다.

까불다가
사라진 사람

신구
대한민국의 배우,
연기 장인

중학교 입학하면서 전쟁이 나서

학교는 입학할 때랑 졸업할 때만 가봤지.

천막 치고 공부하고, 말도 못 하게 고생을 했어요.

난 그래서 지금도 웬만한 건 다 참을 수 있어요.

인내와 성실을 그때 배웠지.

최고의 연기자는 최고의 성실을 가진 자예요.

재능은 큰 차이가 없어.

시간이 지나면 성실하게 노력한 사람이 남아요.

재능이 부족한 건 노력으로 극복할 수 있거든.

반면 재능 믿고 까불다가 사라진 사람들을 나는 숱하게 봤어요.

나한테 청년다움이 남아 있다면 그건 '충분한 연습' 때문이에요.

젊을 때 유치진 선생에게 배운 말씀이 아직 귀에 남아 있어요.

허투루 할 수가 있나.

_2018년 10월, 「김지수의 인터스텔라」 인터뷰 중에서

순한 사내가
되고 싶다

김훈
대한민국의 소설가,
우리 시대 최고의 문장가

나는 세상과 불화하는 모습이 건강하다고 생각했어요.

억지로 화해하기보다

불화인 채로 사는 것이 떳떳하다고 생각했지요.

하지만 남은 생애는 길들여지려는 각오를 갖고 있어요.

잘 길들여지려고 해요.

저는 참 순한 사내가 되고 싶어요. 순하다는 말 좋지요?

친절한 게 얼마나 좋아요.

내가 이룩하려는 목표는 친절한 인간이 되는 거예요.

그걸 이제야 깨달았어요. 늦게나마 깨달은 게 다행이죠.

만각晚覺입니다. 다행히 불각不覺까진 안 갔어요.

깨닫기 어려운 놈은 난각難覺이고,

먼저 깨달으면 선각先覺이지요.

_2020년 7월, 「김지수의 인터스텔라」 인터뷰 중에서

p.s. 소설 『달 너머로 달리는 말』을 낸 후에 김훈 선생을 만났습니다. 인터뷰가 끝나고 사람 없는 식당에서 양고기와 반주로 이른 저녁을 먹고 헤어졌습니다. 마스크를 쓰고 휘적거리며 돌아서는 김훈 선생의 뒷모습을 보니 새벽녘의 늙은 왕 같기도 했고, 두 발을 위로 솟구치며 달을 향해 달리는 한밤중의 말 같기도 했습니다.

피드백이 아니라
조언을 구하라

애덤 그랜트

미국의 조직심리학자,
와튼스쿨 최연소 종신 교수

피드백이 아니라 조언을 구하세요.

피드백을 구하면 사람들은

여러분을 응원하거나 비판하는 데 그칩니다.

최고였던 순간에 박수를 보내거나 최악의 순간을 비판하죠.

하지만 내일 어떻게 하면 더 잘할지 조언해 달라고 하면

그들은 지도자가 됩니다.

당신의 숨은 잠재력을 보고

당신이 더 나은 사람이 되도록 도와줄 거예요.

가령 저는 책을 쓸 때

초안을 네다섯 명 정도의 지인에게 보내

점수를 매겨달라고 부탁합니다.

그리고 내가 그 책이 지닌 잠재력을 실현했다고 만족할 때까지

계속 내용을 수정해요.

_2024년 3월, 「김지수의 인터스텔라」 인터뷰 중에서

그대는
선물입니다

이혜영
대한민국의 배우

아버지 이만희 감독은 성실한 천재였어요.
자식을 사랑했지만, 영화를 좀 더 사랑해서
딸을 충분히 사랑할 겨를이 없었습니다.
그래도 한 번 안으면 가슴부터 무릎까지 달라붙도록
힘 있게 안아줬어요. 정말 강렬한 포옹이었어요.
나는 우리 집안에서 물려받은 게 포옹밖에 없었어요.
그 포옹이 유일한 유산이었어요.
자랄 때는 제대로 된 교육도 못 받았어요.
그런데 우리 아이들이 그래요.
'엄마는 남의 것을 뺏으려고도 안 하고
누굴 이기려고 누르지도 않는다'고. 왜냐?
난 재산이 있었어요, 재산. 그게 '아버지의 포옹'이었어요.
아이는 기어이 부모가 잃어버린 꿈의 한 조각을 찾아서
맞춰내는 것 같습니다.

_2018년 3월, 「김지수의 인터스텔라」 인터뷰 중에서

 p.s. 드라마 〈마더〉 이후에 만났던 '한국의 틸다 스윈튼' 이혜영의 인터뷰
입니다. 부모를 버리지 않은 아이는, 그 결핍이 인생의 손목을 비틀지 못한
다는 것을 삶으로 증명해 냈습니다.

드라마틱하게
모멸감 주지 마세요

오은영

대한민국의 소아·청소년
정신과 전문의

청소 못하는 아이에게
"네 방이 돼지우리인 거 네 친구들도 아니?"
드라마틱하게 모멸감 주지 마세요.
"우리 아들, 정리하는 능력은 좀 약하네.
잘하는 게 더 많으니까 큰 문제는 아니지만,
정리 정돈이 너무 안 되는 것 같아.
고칠 수 있는 건 고쳐볼까?" 차분히 말해주세요.
부모가 매 순간 너무 비장하면 아이는 편안히 배울 수가 없어요.
육아는 긴 과정입니다.
나침반과 별이 그 자리에 있으면,
오늘 좀 헤매도 다시 제 길로 돌아와요.
훈육은 당장 뜯어고치는 게 아니라
일관되게 방향을 알려주는 겁니다.

_2020년 11월, 「김지수의 인터스텔라」 인터뷰 중에서

p.s. 실로폰처럼 높고 화사한 오은영 박사의 목소리를 듣고 있으면 머리가
시원해집니다. 좋은 말로 해야 듣는다는 가르침, 꼭 부모 자식 관계가 아니
어도 진리지요. 웃으며 권위 있게, 저는 오늘도 아이의 사랑과 용서를 경험
하며 안도합니다.

큰 손해를
안 보려면

이순재
대한민국의 현역
원로 배우

좀 손해 보고 살아야 큰 손해를 안 봐요.
하나 더 먹겠다고 달려들면 갈등이 커지고 적이 생겨.
정치할 때 그걸 배웠어요.
나는 표는 못 받아도 욕은 안 먹었어.
제일 가난한 동네에서 날 한 식구로 받아줬고,
정치적 정적과는 친구가 됐죠.
너무 치열하게 경쟁하지 마세요.
살아보니 인생이란 건 여러 욕심이 있겠지만
조그만 손해는 감수하고 좀 모자란 듯 사는 게 좋아.

_2018년 4월, 「김지수의 인터스텔라」 인터뷰 중에서

p.s. 늙어서 순한 노인이 아니라 늙을수록 싱싱해지는 어른으로, 그 삶의
자국을 선명하게 남기는 우리들의 '직진 순재'. 돌아보면 이순재는 강함을
숨기지도, 약함을 전시하지도 않았습니다. 62년 연기 세월 동안 빛나는 정
상엔 한 번도 오른 적이 없다고 했습니다. 그 자신, 동아연극상도 대종상도
못 받았지만 '인생은 손해 본 듯 살아야 큰 손해를 보지 않는다'고 강조했
습니다.

재능
그 너머에

미나가와 아키라
일본의 패션 디자이너,
미나 페르호넨 창업자

"저희 옷 한번 봐주실래요?"

문전박대를 당하면서 우리의 위치나 부족한 점을 알 수 있었죠.

센다이에서 실패하면 그다음에는 모리오카로.

점점 북쪽으로 향했어요.

나중에는 원피스와 블라우스를 트렁크에 잔뜩 채워 넣고

핀란드 헬싱키에서 스웨덴 스톡홀름,

벨기에 브뤼셀과 앤트워프를 거쳐 파리까지 다녀왔어요.

그저 부딪혀보는 행동이 상상 이상으로 공부가 됩니다.

답이 안 보일 때 여행이 출구와 기회를 찾아줬어요.

몰랐던 걸 알게 되고,

알고 있던 것도 다른 관점에서 보며

본질에 다가갈 수 있었죠.

불안 속에서 태어나는 기쁨이 얼마나 좋은지도 느꼈고,

계획은 변해야 정상이라는 것도 깨달았어요.

_2022년 4월, 「김지수의 인터스텔라」 인터뷰 중에서

p.s. 인터뷰 후에도 저는 미나가와 아키라 선생을 여러 번 만나 친구가 됐습니다. 제가 선생을 직물의 정원사, 옷의 철학자라고 부를 때마다, 예의 그 욕심도 근심도 없는 흰 얼굴로 고요하게 웃곤 합니다.

순간의 영원

진은숙
현대음악 작곡가,
'음악계 노벨상'
지멘스상 수상자

지금은 알아요. 그냥 그날그날 사는 거구나,
물 흐르듯이 흘러가면서 어떤 구조를 갖춰가는 거구나.
젊을 때는 그런 인생이 한없이 갈 것 같은데,
나이 드니까 또 알겠어요.
지금 좋은 순간이 다시는 오지 않는다는 걸.
그래서 최선을 다해 살아요.

_2024년 5월, 「김지수의 인터스텔라」 인터뷰 중에서

p.s. 독일 에른스포지멘스 재단과 바이에른예술원은 2024년 1월 진은숙
을 지멘스 음악상 수상자로 발표했습니다. 지멘스상은 '클래식계의 노벨
상'이라 불립니다. 벚꽃이 눈발처럼 흩날리는 날, 진은숙을 만났습니다. 초
신성이 폭발 중인 눈빛을 한 이국적인 여성이 낙화를 뒤로한 채 호텔 로비
에 홀로 앉아 있었습니다.

손을 붙잡고
한계를 넘고

최재천
대한민국의 생태학자,
이화여대 석좌교수

애초에 다윈은 자기가 하는 학문을 자연의 경제학이라고 정의했어요.

경제는 인풋과 아웃풋을 가장 중요하게 따지는데,

진화야말로 모든 결정이 손익계산이거든요.

경제학과 진화생물학의 접근이 같은 거죠.

그런데 자연이 비정한 적자생존으로만 유지되는 줄 알았더니,

아닌 거예요.

공감과 이타성이라는 자연의 룰이 있었던 거죠.

자연을 연구하는 사람들은

조직이 자연과 닮았다는 걸 경험으로 알아요.

자연은 남을 해쳐야 잘 사는 것이 아닌 상태로 진화했어요.

경쟁 관계에 있는 동물은 기껏해야 제로섬게임을 하지만,

곤충과 식물처럼 많은 생물은 서로를 도와서 한계를 뛰어넘어요.

인간도 경쟁에서 살아남으려면 '경협'의 지혜가 필요해요.

경쟁하면서 협동할 수 있어요. 손을 잡아야 살 수 있어요.

_2017년 12월, 「김지수의 인터스텔라」 인터뷰 중에서

p.s. 최재천 교수는 '적당한 두려움과 약간의 비겁함'을 행동 철학으로 가
진 통섭의 대가입니다. 인터뷰 내내 배우 한석규를 닮은 나긋나긋한 목소
리로 지나가던 까치도 궁금해 엿들을 만큼 조용한 수다가 이어졌습니다.

고난을 통과하는
사람들에게

폴 블룸
미국의 심리학자,
발달심리학과 언어심리학의
세계적 권위자

우주의 기원 이론은 몰라도 되지만,
고난의 의미를 이해할 필요성은 있습니다.
우리는 고난이 헛되지 않았다고 믿고 싶어 하죠.
존 로버츠 대법관은 2017년 졸업 연설에서
우리가 선택하지 않은 고난조차
의미가 있다는 근거로 이렇게 말했어요.
"여러분이 외롭기를 바랍니다.
그래야 친구를 당연하게 여기지 않을 테니까요.
가끔 불운하기를 바랍니다.
그래야 삶에서 운의 역할을 인식하고
여러분의 성공이 전적으로 마땅한 것이 아니며,
타인의 실패가 전적으로
마땅하지 않다는 사실을 이해할 테니까요."

_2022년 4월, 「김지수의 인터스텔라」 인터뷰 중에서

 p.s. 고난과 인간의 애착 관계를 치열하게 통찰한 폴 블룸은 언어심리학
분야의 세계적인 권위자입니다. 이 인터뷰 후 제 뇌에 통렬하게 각인된 문
장은 이것입니다. '진화의 본질은 고통을 통한 개선이다.'

붕괴되었다는 말

김현아

한림대학교성심병원 교수,
양극성 장애를 둔 딸의 어머니

문득 붕괴되었다, 라는 말이 떠오르네요.
영화 〈헤어질 결심〉에 나오는 말······.
그런데 붕괴된 곳을 메워가면서
그럭저럭 살아지는 게 삶이더군요.
목표지향적이었던 제가 가정의 송사와
아픈 아이들을 돌보면서 생각이 바뀌었어요.
덜 경쟁적이고 덜 핏발을 세운 사회를 꿈꾸고 있지요.
살아보니 완벽한 삶은 없었어요.
모든 가족은 다 상처가 있는 역기능 가족이에요.
시간이 갈수록 아픈 자식도 적응이 되고······
그럭저럭 살다 보면 가끔 좋은 날도 만나요······.
그것으로 충분합니다.

_2023년 11월, 「김지수의 인터스텔라」 인터뷰 중에서

p.s. 『딸이 조용히 무너져 있었다』를 쓴 한림대학교성심병원 류마티스내과
교수 김현아와의 만남은 고요하고 격렬했습니다. 김현아의 둘째 딸 안나
는 7년 동안 정신 병동에 열여섯 번 입원했습니다. 그럼에도 불구하고 고
통에 달관한 초연한 얼굴로, '공포와 취약함이 삶 그 자체'라고 얘기하더군
요. 붕괴된 곳을 메워가면서 그럭저럭 살아지는 게 삶이더라고. 그러다 보
면 가끔씩 좋은 날도 있더라고요.

평화라는 게
이런 것인가

황규백
메조틴트로 20세기 미국의
화단을 평정한 독보적 판화가,
88세의 독거 화가

센스가 있으면 가난해도 부유하게 살아요.

센스 있는 사람은 비싼 옷으로 번드르르하게 치장 안 해요.

슬쩍 걸쳐 입어도 멋이 나거든. 적게 먹어도 좋은 걸 찾아 먹죠.

내 대표작인 「손수건」도 공부를 하면 더 잘 그릴 수 있어요.

하지만 더 잘 그리면 못 그리게 돼. 서툴게 그려야 멋이죠.

그걸 감지하는 게 센스야. 감각이죠.

그 감각의 문은 온 마음으로 감탄하고 감사할 때 열려요.

좋은 음식 먹으면 "와! 너무 좋다" 그러죠?

인간이 만든 건데도 신의 선물 같거든.

친구랑 바다 앞에 서면 "와! 너무 좋지?" 그 한마디면 된 거예요.

인생이 얼마나 좋은지, 사는 게 얼마나 감사한지.

무슨 어려운 설명이 더 필요해요. 아름다움은 곳곳에 있어요.

어느 집 담벼락에 핀 야생화도, 태평양의 성난 파도도,

수력발전소의 탱크도 나에게는 곱디 고운 시로 읽혀요.

_2019년 3월, 「김지수의 인터스텔라」 인터뷰 중에서

 p.s. 황규백은 메조틴트 판화로 미국 화단을 평정한 거장입니다. 평생 확
대경과 송곳 바늘을 쥐고 느린 거북이처럼 동판에 풀의 농담을 아로새기
던 판화가가 이제는 사물의 정취와 마음의 풍경을 담은 회화를 쏟아냅니
다. 황규백이 그린 그림은 박수근이 그린 르네 마그리트 같습니다.

강해진다는
것

이민진
한국계 미국인 소설가,
『파친코』 저자

우리의 탤런트는 이미 다 지불되었습니다.

그걸 즐기기만 하면 됩니다.

돈으로 값을 매길 수 없는 재능을 타고난 우리가

진정한 백만장자가 아닐까요.

그럼에도 불구하고 우리 삶이 계획대로 흘러가지 않습니다.

그래서 운이 따르기를 기대하고, 매 순간 은혜를 구하게 되죠.

때때로 저 또한 두렵고 낙담해요.

저는 천성적으로 내향적이고 불안하며 조용한 사람이니까요.

하지만 그럴 때마다 무엇이 중요한지에 집중하고

버텨내려고 노력합니다.

_2022년 12월, 「김지수의 인터스텔라」 인터뷰 중에서

 p.s. 경계인의 서사로 세계적인 공감대를 얻고 있는 이민진의 소설 『파친 코』, 『백만장자를 위한 공짜 음식』은 각각 26년, 11년이라는 기나긴 시간 에 걸쳐 쓰였습니다.

하루하루
인수분해

류승룡
대한민국의
배우

지금의 저는 여행을 가도 지도부터 챙기고

트래킹을 해도 킬로미터를 기록해요.

젊은 시절에 발길 닿는 대로 방랑해 봐서,

그 무모함을 상쇄하려고 그러는지도 모르죠.

계획을 세우지 않으면 일을 지속할 수가 없더라고요.

연기는 첫째도 시간 엄수,

둘째도 시간 엄수, 셋째가 감정 세공이에요.

살도 빼고 말도 타고 무술도 하고 몸을 인수분해 해가면서

하루하루 정교하게 다듬어가요.

그런 극도의 건강한 스트레스를 받아야 결정체가 나옵니다.

60대, 70대가 되도 다르지 않을 거예요.

하루하루 점이 모여 선이 되듯.

_2022년 10월 「김지수의 인터스텔라」 인터뷰 중에서

p.s. 류승룡은 「김지수의 인터스텔라」의 첫 번째 인터뷰였습니다. 첫 인
터스텔라의 제목은 '아무것도 아닌 남자, 류승룡'이었지요. 그의 너그러움
으로 이 시리즈를 시작할 수 있었습니다. 고맙습니다.

아직도
뛰고 있나?

베른트 하인리히

달리기만으로
지구를 네 바퀴 돈
80세의 생물학자

저는 달리기의 단순명료함을 좋아합니다.

하지만 실제로 아무 계획이 없었어요.

그저 그때그때 관심이 있는 것을 좇았을 뿐입니다.

'지금' 달릴 수 있으니 달렸고,

'지금' 뒤영벌 애벌레가 내 앞에 있으니

놀고 연구한 것이었어요.

어릴 때나 늙을 때나 좋을 때나 나쁠 때나

여전히 '지금' 재미있는 걸 합니다.

너무 앞서서 일일이 계획하다 보면

오히려 막다른 길에 도달하거나 좌절하기 쉽죠.

오히려 끌리는 일을 하면 하나 다음에 다른 하나가 찾아와요.

그리고 그건 결과가 아닌 새로운 행로의 시작이 되곤 했죠.

_2022년 9월, 「김지수의 인터스텔라」 인터뷰 중에서

p.s. 깊은 숲 오두막에 살며 뛰고 관찰하고 강의하고, 최고 수준의 논문까지 써내는 베른트 하인리히를 사람들은 '우리 시대의 소로' 혹은 '달리는 찰스 다윈'이라고 부릅니다. 현재 버몬트대학교 생물학부 명예교수로 숲에서 학생들을 가르치고 있습니다.

시간을
잘 붙들어요

김혜자
'눈이 부시게' 연기하는
대한민국의 국민 배우

시간은요, 정말 덧없이 확 가버려요.

어머나, 하고 놀라면 까무룩 한세월이야.

안타까운 건 그걸 나이 들어야 알죠.

똑똑하고 예민한 청년들은 젊어서 그걸 알아요.

일찍 철이 들더군.

그런데 또 당장 반짝이는 성취만 아름다운 건 아니에요.

오로라는 우주의 에러인데 아름답잖아요.

에러도 빛이 날 수 있어요.

하지만 늙어서까지 에러는 곤란해요.

다시 살 수가 없으니까.

그러니 지금, 눈앞에 주어진 시간을 잘 붙들어요.

살아보니 시간만큼 공평한 게 없어요.

_2019년 3월, 「김지수의 인터스텔라」 인터뷰 중에서

p.s. 인터뷰 내내 완급 조절이 정확한 김혜자의 목소리는 거미줄 위의 이슬처럼 촉촉하게 떨렸습니다. 여러 시간과 추억을 헤집다가 불현듯, '나는요'라고 매듭을 지을 땐 세상의 온갖 소음이 정지된 듯 고요해졌지요. 잊을 만하면 혜자 선생님이 문자를 보내옵니다. '김지수 씨, 잊지 않아요' 천진한 한마디에 '심쿵' 하곤 합니다. 이런 안부 인사, 저도 해보려고요.

무릎 꿇고 보면
다 예뻐

나태주
대한민국의 시인

언젠가 일본 절에서

유리 안에 있는 반가사유상을 본 적이 있어요.

어두운 큰 공간에 홀로 스포트라이트를 받은 모습이

왠지 우울해 보이더라고.

그런데 자세를 낮춰서 불상을 밑에서 올려다보니 웃고 있었어요.

그때 충격이 『월든』 한 권 읽은 것보다 생생했어요.

세상 사람들은 고자세로 다 굽어보려고 해요.

아래에서 보면 아름답지 않은 것, 귀하지 않은 것이 없어요.

쓰러지고 비천한 것도 무릎 꿇고 보면 다 예뻐.

_2022년 8월, 「김지수의 인터스텔라」 인터뷰 중에서

p.s. 나태주 선생을 인터뷰하고 그것이 인연이 되어 『나태주의 행복수업』
이라는 책도 냈습니다. 저는 선생을 공주의 '키 작은 정원사'라고 불렀습니
다. 비참한 가운데 명랑한 게 인생이라고, 그냥 살아도 괜찮다고, 나태주
선생은 지금도 방방곡곡 응원의 노래를 부르며 다닙니다.

농담가가
사는 법

윤여정
배우, 대한민국 최초
아카데미상 수상자

살아보니 인생이 별 게 아니야. 재밌게 사는 게 제일이야.
내가 미국에서 살다 1985년에 귀국했는데,
사람들 말이 다 딱딱해져 있더라고.
'왼쪽으로 도세요' 하면 될 말도 '좌회전하세요' 그러고,
말끝마다 '의식 있게 살아야 한다'고 하고……
미장원에서도 '직모를 유지하실 건가요?' 이러더라니까.
생전에 소설가 박완서 선생님도 긴장하지 않으면
한국말을 잘 못 알아듣겠다 하셨거든요.
다들 좀 웃으면서 서로 재밌게들 얘기하면 좋겠어.
나는 너무 무게 잡고 철학적으로 얘기하면 부담스러워서 싫더라고.

_2018년 1월, 「김지수의 인터스텔라」 인터뷰 중에서

p.s. 2008년 영화 〈여배우들〉에서 자신이 '대타'로 불려온 게 아닌가 추궁
하던 그녀에게 함께 출연했던 제가 던진 대사가 기억납니다. "대타 아니에
요! 나이가 들어도 여전히 진한 장미 냄새를 피우는 60대 여성으로, 윤여
정 말고 누구를 떠올릴 수 있겠어요?" 그 말은 진심에서 나온 즉석 대사였
어요. 하지만 저도 15년 후 이분이 아카데미 여우조연상을 수상할지는 상
상도 못했습니다.

매일이
극복

정경화

'현의 마녀'로 불리는
대한민국의 바이올리니스트

인간은 사실 매일을 극복하는 게 힘들어요.

젊었을 때는 앞날을 바라보고 가죠.

40세, 50세가 지나면서

점점 앞날이 아니라 오늘이 중요하다는 걸 깨닫게 돼요.

그다음엔 순간순간이 중요하다는 걸 알죠.

60세가 되면 그런 생각조차 안 해요.

70세엔 이 시간을

보람 있게 보내야겠다는 욕심이나 부담이 없어져요.

그런데 신기하게도 자기 마음속으로는

세상을 보는 눈은 조금도 늙지 않았어요.

_2017년 6월, 「김지수의 인터스텔라」 인터뷰 중에서

선한 인간이
이긴다는 것, 믿으라

이어령
대한민국의 대표 지성,
초대 문화부 장관

드라마처럼, 인간도 반전의 역사를 반복했어요.
36억 년 전의 진핵세포가 여기까지 진화한 것은
선한 의지의 힘이었죠.
모든 생명체가 그 방향을 알기에,
캄브리아기보다 더 많은 생명체가 지상을 덮고 있습니다.
그러니 절망하지 마세요.
하늘의 별의 위치가 불가사의하게 질서정연하듯,
여러분의 마음의 별인 도덕률도
몸 안에서 그렇다는 걸 잊지 마세요.
'인간이 선하다'는 걸 믿으세요.

_2022년 1월, 「김지수의 인터스텔라」 인터뷰 중에서

그럴 수 있어

양희은

대한민국의
포크 뮤지션

저는 가수가 되고 싶지 않았어요.

그냥 인생이 이 길로 끌고 왔어요.

나무 그루터기로 가려다 화단 경계석을 들이받은 자전거처럼.

언젠가 강화도에서 자전거 타다 몇 미터 아래

밭두렁으로 굴러떨어질 때도 그 생각을 했어요.

인생이 참 이상한 곳으로 날 끌고 가는구나.

저는 오십 줄에 자전거를 처음 배웠어요.

자전거 교실에서 수료증까지 받았는데,

그때 제일 먼저 넘어지는 걸 배워요.

가만 보면 인생은

넘어진 자전거를 일으켜서 끌고 가는 일 같아요.

_2023년 8월, 「김지수의 인터스텔라」 인터뷰 중에서

p.s. 양희은의 목소리는 목련이 지는 봄밤이나 계곡물의 온도가 변하는 가을 아침, 혼자서 듣기에 가장 좋습니다. 저는 이 관록의 어른이 뿜어내는 정처없는 정직에 깊이 매료되었습니다.

살면서 자비로운 어른 한 분만 만나도
크게 엇나가지 않는다고 합니다.
당신 인생에서 기억나는 어른을 떠올려봅시다.
그분은 누구입니까? 당신 인생에 어떤 영향을 끼쳤나요?

2장

높은 시선에서 바라본
지성의 말

얼어붙은 바다를 깨고
높은 곳으로 향하라

　어른의 언어는 우리의 불안을 잠재우는 성실한 노동요이자, 복잡한 감정의 얼개를 시원하게 풀어주는 민담 같습니다. 경쟁과 적의만 가득할 것 같은 정글에서 어른의 말은 우리를 숨 쉬게 합니다. 우리와 대결하지 않지만 우리와 대결할 정도의 힘이 있는 어른들, 산뜻하고 호쾌한 자기 감정의 거장들 덕분에 세상이 살 만하다는 걸 깨닫게 되는 거죠.

　자, 그다음엔 어떤 말이 필요할까요? 편안히 숨 쉬기 시작했다면 이제부터 더 깊은 복식 호흡도 해봐야 하고 피부 호흡도 한번 해봐야지요. 대개 우리는 복식 호흡을 위해 인류 보편의 지식인 '고전'을 읽고, 피부 호흡을 위해 당대의 날것인 '에세이'를 취합니다. 좋은 문장, 탁월한 지성인의 언어를 접하면, 양쪽의 언어를 동시에 섭취한 것처럼 기분 좋은 포만감이 느껴지지요.

영국의 경영 사상가 찰스 핸디의 언어, 재독 철학자 한병철 선생의 언어가 제게는 그랬습니다. 그들이 쓰는 언어는 활어처럼 펄떡이면서도 심해의 깊이가 느껴집니다. 표정도 눈빛도 남다르지요. 그들의 눈빛은 여기 있어도 저기를 보는 듯합니다. 제가 좋아하는 시인 김수영의 눈빛, 아인슈타인의 눈빛도 그랬습니다. 이곳의 몸을 꿰뚫고 먼 곳을 바라보는 눈빛이지요. 눈자위에 등대를 켠 듯 형형한 아우라.

특별히 철학자 한병철의 찌르는 듯한 눈과 찰스 핸디의 한없이 다정한 눈이 기억납니다. 한병철은 『피로사회』라는 책으로 유명한데, 이후 『리추얼의 종말』, 『사물의 소멸』, 『정보의 지배』 등 100페이지 분량의 짧은 문고본을 출간했습니다. 모두 통렬한 산문시처럼 읽힙니다. 한병철의 문장은 당대의 철학자가 일상의 환부에 꽂을 수 있는 가장 날카로운 칼이라고 할 수 있습니다.

그 자신, '나의 문장에는 살이 없고 뼈만 있다'고 하더군요. 군더더기를 제거한 현대적인 문장은 그 명징함으로 더 급진적이고 클래식해집니다. 오랫동안 독일에서 독일어로 철학을 한 한병철을 인터뷰하는 내내 저의 호기심은 최고조에 달했습니다. 한병철은 철학자를 마법사라고 했고, 그 자신은 마법의 봉으로 디지털 울타리에서 데이터

고기만 제공하는 정보 가축의 머리를 치고 다니는 중이라고 했습니다. 가축처럼 떼 지어 다니며 정보 사료만 먹는 인간들, 갈등 산업의 신도가 된 현대인들이라는 그의 칼같은 일침에 저는 어안이 벙벙해졌습니다.

지성의 언어는 이렇듯 정교해서 때로는 가혹하게 느껴집니다. 너무 많은 정보를 찾으면 지나치게 똑똑해지고, 전부 똑똑해지면 전부 똑같아지니, 먼저 '백치가 되고 타자가 되라'는 한병철의 말은 정보자본주의 사회의 질서를 정면으로 거스르지요. 마치 아테네 시대의 소크라테스처럼 '다른 삶'을 살 것을 선동한다고나 할까요. 그를 통해서 저는 바깥에서 보는 시선의 힘을 경험했습니다. 따뜻한 아랫목에서 나와 바람 부는 성문 바깥에 머물러보는 것. 그 자리는 외롭고 시니컬한 성찰의 자리이고, 거기서 거리를 두고 내 삶을 바라보는 담대한 시야가 생깁니다.

그러나 알다시피 인간은 강한 자의식과 동시에 연약한 육체를 지닌 존재입니다. 코트 깃을 세우고 바람 부는 거리를 홀로 걷고도 싶지만, 한편으로는 장작불 주위에 둘러앉은 무리 가운데로 파고들고도 싶지요. 처음부터 너무 추운 곳, 너무 먼 곳을 바라볼 수도 없고요. 우리는 남들과 다른 삶도 선망하지만, 같은 삶도 욕망하는 평범한 사람들이니까요.

이럴 때 다가오는 지성의 언어는 매우 자비롭습니다. 영국의 경영 사상가 찰스 핸디가 『삶이 던지는 질문은 언제나 같다』라는 책을 냈을 때 병상에 누운 그를 인터뷰했습니다. 신의 공의를 공리적 전통으로 구현한 영국인답게 그는 자본주의와 인본주의의 어긋난 균형을 맞추고, 생활인으로서 우리의 자세를 반듯하게 교정해 주더군요. 저는 그에게 물었습니다.

"우리는 비슷한 갑남을녀이면서도 각자 '자기다움'을 추구하며 삽니다. 같아서 안심하고 달라서 기대를 품지요. 우리 각자의 인생은 무엇이 같고 무엇이 다릅니까?"

그의 대답은 이러했습니다.

"우리 인생은 비슷합니다. 우여곡절, 예측불허의 반전, 실수, 놀랍고 짜릿한 성공······ 이 모든 게 포진되어 있다는 점에서요. 하지만 당신은 당신이고, 나는 나죠. 같은 사건에도 나와 당신은 완전히 다르게 반응하죠. 그 차이를 헤아리는 게 배움입니다. 그 다름을 충돌없이 표현하는 상태가 지성이지요."

그 말은 저에게 한 줄의 가이드라인이 되었습니다. '차이를 헤아리는 게 배움'이고, '다름을 충돌없이 표현하는 상태가 지성'이라니. 정말 따뜻한 지성이 아닌가요.

살면서 경험했다시피 세계의 모든 질서는 양가적입니다. 이번 장에서 수련할 '지성의 언어'는 바로 그 중심 잡기에 관한 것입니다. 지성의 언어는 특별히 팬데믹 기간에 건져 올린 것이 많습니다. 코로나

바이러스는 우리 모두에게 육체적 정신적 고난을 주었습니다. 그러나 한편으론 익숙했던 세계관에서 벗어나 우리 각자의 가파른 인생을 높은 곳에서 조망하도록 돕는 지성의 언어를 폭발시켰습니다.

'높은 시선'은 오랫동안 제가 인터뷰로 만났던 동서양의 지성인의 특징이었습니다. 지성의 언어는 그 높은 곳에서 바라본 풍경을 전합니다. 그동안 우리의 머리를 지배했던 승리, 생산성, 능력주의라는 군림의 언어가 썰물처럼 빠지고 다정함, 안전, 우정, 친구, 슬픔, 반성, 후회 등 심리 자원의 근본을 파고드는 돌봄의 언어가 지식 갯벌 위에 살아나고 있다고요.

높은 언어란 무엇일까요? 어긋나지 않는 기준, 겹겹의 헤아림 속에 삶의 실용적인 단서를 제시하는 언어지요. 실제로 팬데믹이 끝난 후 제 자신, 높고 다정한 언어를 만나 '번아웃' 인생에 브레이크를 걸 수 있었습니다.

미래학자 다니엘 핑크에게 특별히 감사합니다. 인생은 얼마간의 후회를 쌓는 일이니, 후회할까 두려워 떨지 말고 나아가라는 다니엘 핑크의 말을 듣고, 저는 직장을 나와 독립 인간이 되었습니다. 후회를 최소화하려들지 말고, '후회를 최적화'하라는 그의 조언은 꽤 힘이 컸습니다. 더불어 '타인을 설득하려는 착각을 버리라'는 갈등 전문가 아만다 리플리의 언어, '누군가를 안다고 자만하지 말고 일단 들어주라'는 저널리스트 말콤 글래드웰의 언어를 품고 '경청가'로 정체성을 더 깊게 세웠지요.

　이번 장에서 만나는 지성의 언어는 그 시선의 높이가 주는 사려 깊은 압도감이 있습니다. 언어의 거인 이어령부터 신뢰 전문가 데이비드 데스테노, 세대 전문가 닐 하우, 애덤 그랜트, 애니 듀크, 후안 엔리케스, 제러미 리프킨, 철학자 한병철에 이르기까지……. 여러분도 망루에서 외치듯 높고 명료한 발성으로, 한 글자 한 글자 지성의 언어를 써보길 권유합니다.

갈등
생존자

아만다 리플리
미국의 저널리스트,
갈등 전문가

'범주'라는 영어 단어는 비난이라는 그리스어에서 기원했어요.
저는 다른 사람들을 한데 묶어서
'그들', '저 사람들'이라고 부르지 않으려고 조심하죠.
역사를 통해 얻은 큰 교훈이 있다면 사람은
너무도 쉽게 서로를 악마화할 수도 있고
반대로 협력할 수도 있다는 사실이죠.
스스로 갈등 촉발자가 되지 않기 위해 노력하세요.
다양한 논조를 읽으세요.
복잡한 글을 읽은 사람은 더 많은 질문을 던지고
높은 수준의 아이디어를 내놓습니다.
복잡성은 전염돼요. 호기심도 전염되죠.
갈등이 극한에 달했다고 할지라도
더불어 살아가려는 태도가 있으면, 갈등은 반드시 극복됩니다.

_2022년 9월, 「김지수의 인터스텔라」 인터뷰 중에서

p.s. 미국의 저널리스트이자 갈등 전문가 아만다 리플리는 갈등이 점점 고
조되어 특정 지점을 지나면 검은색 호수인 타르 웅덩이처럼 된다고 지적합
니다. 이름하여 고도 갈등. 고도 갈등에 승자는 없습니다. 파국적 사고에
빠져들고 남 탓을 많이 하는 사람이라면 스스로 갈등형 성격의 소유자는
아닌지 점검해 보시기 바랍니다.

좋든 나쁘든
세대는

닐 하우
미래를 기록하는 세계적인
역사학자, 세대 이론가

지금의 위기를 통과하면서 우리가 해야 할 일은
가족과 가까이 지내고, 이웃과 친해지며,
자산을 다양화하고, 뉴스에 주의를 기울이는 것입니다.
그리고 새로운 세대의 강점을 인정하는 방법을 찾아야 합니다.
젊은 세대를 보며 혀를 차지 마세요.
세대 간의 차이와 판단은
오랜 세월 동안 반복되어 온 규칙입니다.
우리가 젊은이를 비판하려면,
윗세대가 얼마나 달랐고,
부모 세대가 우리를 얼마나 가혹하게 비판했는지를
우리가 돌아보아야죠.
내가 하지 못한 것은 다음 세대가 해낼 거라고 믿으세요.
좋든 나쁘든 이 젊은이들이 우리의 미래를 대표할 테니까요.

_2024년 10월, 「김지수의 인터스텔라」 인터뷰 중에서

p.s. 금융 위기와 기술 격동에 불안을 느끼던 중 세계적인 세대 전문가 닐
하우를 인터뷰했습니다. 닐 하우의 역작 『제4의 대전환』은 역사를 보는 커
다란 망원경입니다. 망원경으로 본 인간의 역사는 마치 봄, 여름, 가을, 겨
울 자연의 계절처럼 100년을 주기로 탄생과 각성, 해체와 전환을 반복하
더군요. 그리고 맞습니다. 지금 우리는 혹독한 겨울을 보내고 있습니다.

파산하지
않는 법

모건 하우절

『돈의 심리학』, 『불변의 법칙』
저자, 미국 최고의
경제 칼럼니스트

큰 눈으로 역사를 보면 좀 안심이 됩니다.
장기적으로는 대개 좋은 결과에 이르고
단기적으로는 종종 나쁜 상황을 겪는다는 걸 알 수 있죠.
큰 수익을 내는 것보다 파산을 겪지 않고
버티는 힘을 키우는 게 중요합니다.
합리적인 기대치를 갖고
결과가 좋든 나쁘든 평정심을 유지하세요.
정확한 미래란 없습니다.
확실성에 대한 미련을 버리고
유의미한 인간 행동을 이해하는 데 시간을 쏟으세요.

_2024년 6월, 「김지수의 인터스텔라」 인터뷰 중에서

p.s. 미국에서는 뛰어난 금융 스토리텔러들이 철학자 역할을 하는 것 같습니다. 모건 하우절도 기업과 주식 시장을 빅데이터로 바라보는 현자입니다. 모든 리스크를 통제하기에 세상은 너무 크고 아슬아슬하므로, 미래에 관해서는 적당히 예측하고 본질에 집중하는 편이 바람직하다는 것이 그의 주장입니다.

다른 삶을
꿈꿀 수 있다면

한병철

한국계 독일인 철학자,
『피로사회』 저자

더러워지지 않기 위해 피아노를 칩니다.

더러움이 쌓이면 좋은 생각을 할 수 없어요.

그러니까 피아노를 치는 행위는 저에게 청소의 리추얼입니다.

변함없이 피아노를 치고 제 생각의 음조를 따라갑니다.

신문을 읽고 거리에 나가 사람들을 관찰하죠.

스마트폰에 코를 박고 머리를 박고 걷는 사람들을 보며

'더 빠르게 가축이 되어가는구나!' 탄식하면서.

사회에 대해 사유하기 위해서는

그 사회의 바깥에 동떨어져 있어야 합니다.

사회의 일원이 되면 깊은 사고를 하기 힘들어요.

밖에 있어야, 외롭고 추방당한 타자가 되어야,

철학이 지속됩니다.

_2023년 3월, 「김지수의 인터스텔라」 인터뷰 중에서

p.s. 독일에서 오래 거류했던 한병철은 인터뷰 중 한국말로 표현되지 않는
어휘를 스마트폰의 통역기를 써서 찾아냈습니다. 간간이 동문서답하는 AI
를 바보라고 놀리며 흥분하더군요. 순도 높은 언어를 쓰는 정밀한 철학자
이면서도 동시에 감정의 높낮이를 여과 없이 드러내는 모습이 신선했습니
다. 디오게네스나 소크라테스 같은 그리스 시대의 철학자처럼, 연극적인
분방함이 넘쳤습니다.

후회해도
괜찮아

다니엘 핑크
미국의 비즈니스 사상가,
세계적인 미래학자

이미 한 행동에 대한 후회는 선택지가 있어요.

하지만 무행동에 대한 후회는 다른 선택지가 없어요.

나이 들수록 우리가 괴로워하는 것도 그 때문이고요.

헤밍웨이의 소설 『태양은 다시 떠오른다』에는

파산에 관한 대화가 나옵니다.

"어쩌다 파산했나?"

"두 가지 방법으로. 점진적으로, 그리고 갑자기."

건강, 교육, 재정적 실수는 즉각적으로 결과를 가져오지 않아요.

서서히, 그리고 갑자기 닥치죠.

그러나 이런 후회에도 해결책이 있어요.

'나무를 심기에 가장 좋은 시기는 20년 전이었다.

두 번째로 좋은 시기는 바로 오늘이다'라는 말을 잊지 마세요.

_2022년 10월, 「김지수의 인터스텔라」 인터뷰 중에서

 p.s. 다니엘 핑크는 전 세계 2만 2000명의 후회를 수집하고 분석한 역대
급 설문조사를 증거로 제시하며, '후회야말로 우리를 더 인간답게 만드는
능력'이라고 결론 내립니다.

당신의 기억 극장은
비극인가, 희극인가

리사 제노바
미국의 신경과학자이자 소설가,
기억 연구가

의식의 배후에는 끊임없이 생각들이 흐르고 있지요.
뇌는 의미 있는 것들만 기억하도록 진화했어요.
뇌는 감정을 자극하고 예측을 벗어난 경험을
기가 막히게 가져옵니다.
첫 키스, 대학 졸업식 날, 자녀의 탄생 같은 주요 장면들…….
긍정적인 사람의 기억 극장은 웃음과 경외로 편집돼 있고,
부정적인 사람의 기억 극장은 비극의 이미지로 플레이되겠지요.
그래서 우리는 무엇에 집중할지 신경 써서 골라야 합니다.
먹구름에만 초점을 맞추면
햇살이 눈부신 순간이 와도 알아차리기 힘들어요.
우리는 보고 싶은 대로 보거든요.

_2022년 6월, 「김지수의 인터스텔라」 인터뷰 중에서

p.s. 리사 제노바는 『기억의 뇌과학』에서 기억력 손실을 막는 최고 신약은 7~9시간 숙면이라고 썼습니다. 제가 이 인터뷰로 깨달은 진실은 이렇습니다. 인생 대부분은 망각이고, 기억을 잃어도 우리는 사랑하고 사랑받는 기쁨으로 산다는 거죠. 잊고 싶은 부정적인 기억이라면, 떠올린 후 '삭제' 버튼을 눌러 재설계할 수도 있다고 합니다.

우아한
유보

후안 엔리케스

세계가 사랑하는
가장 인문학적인 미래학자

'신이시여, 당신의 가장 신실한 신도로부터 저를 지켜주십시오.'
'옳은' 길을 따라 걷기 시작한 십자군 전쟁이
가장 선하지 않은 결말을 맞았어요. 아이러니죠.
선악에 대한 우리의 인식은 그토록 임의적입니다.
'선하다'와 '옳다'가 과열되지 않는 최선의 저지선은
가치 판단을 유보한 '존중'입니다.
많은 사람이 스스로 옳고 그름의 차이를 안다고 생각합니다.
그럴 수 있습니다. '일정 기간'이라면
그것을 실제로 알고 있는 사람들도 있을 거예요.
그러나 개인이나 사회가
'정의롭고 공정하다'고 여기는 것은
시간에 따라 변합니다.
윤리는 계속 진화하죠. 결국 중요한 건
'우리의 옳음은 틀릴 수도 있다'라는 겸손한 태도입니다.

_2022년 4월, 「김지수의 인터스텔라」 인터뷰 중에서

p.s. 후안 엔리케스가 쓴 『무엇이 옳은가』는 『정의란 무엇인가』 이후의 이슈를 다루고 있습니다. 옳고 그름은 시간에 따라 바뀌며, 유일한 진리는 어제의 내가 틀렸다는 것뿐이라는 메시지가 기억에 남습니다.

점진적
히어로

조앤 리프먼
전《월스트리트저널》
부편집장,
퓰리처상 수상 저널리스트

신데렐라, 스파이더맨, 슈퍼맨, 아메리칸 아이돌을 보면
다 단번에 히어로가 된 것 같습니다.
그래서 우리는 기를 쓰고 뭔가를 하려고 할 때,
잘되지 않으면 '내가 문제가 있다'고 착각합니다.
절대 그렇지 않아요.
누구나 어려움을 겪고 있고,
사실 '분투'야말로 '넥스트 로드맵'에서
가장 중요한 단계입니다.
선택은 '극기'나 '포기'가 아니라 준비의 문제입니다.
다음 커리어에 성공한 사람들은 전환을 하기 훨씬 전부터
그 여정을 시작하고 있었어요.

_2024년 4월, 「김지수의 인터스텔라」 인터뷰 중에서

p.s. 누구나 다른 자아, 다른 삶을 꿈꿉니다. 어딘가에 완전히 새로운 삶,
나를 위한 '미지의 기회'가 남아 있을 거라고 기대하며 살아가지요. 제가
삶의 방향 전환에 성공한 사람들의 이야기를 다룬 책『더 넥스트』의 저자
조앤 리프먼을 인터뷰한 것도 그런 기대 때문이었어요. 전환에 성공한 사
람들은 늘 다른 일을 하는 자기 모습을 상상했으며, 반복적인 시도로 패턴
을 만들어냈습니다. 변화는 유기적이었고, 변화를 결정하기 전에 변화를
시작했습니다.

기쁨은
셀 수 없어

찰스 핸디
전 세계에서 가장 영향력 있는
아일랜드의 경영 사상가

숫자는 인간 세계 바깥의 것입니다.

컴퓨터가 다스리는 세계죠.

실재하는 것은 사람입니다.

진짜 사람에게 찾아가 당신 작업에 대한 의견을 구하고,

누가 당신 편인지 물으십시오.

세상은 등수도, 액수도 아닌 튼튼한 우정에 기반을 두고 있습니다.

경영 사상가로서 내가 얻은 가장 큰 깨달음은

'친구가 정말 중요하다'는 거예요.

강한 힘이 느껴지는 전성기 시절이나,

지금의 저처럼 움직일 수 없는 마지막 때나.

당신을 찾아오는 친구에게 아낌없이 애정을 표현하세요.

비즈니스도 마찬가지예요.

사람을 우선하면, 이익은 자연히 따라옵니다.

_2022년 3월, 「김지수의 인터스텔라」 인터뷰 중에서

p.s. 세계적인 경영 사상가 찰스 핸디를 인터뷰하면서 '우정의 소중함'을 되새겼습니다. 무엇을 할지 모를 때조차 가까운 친구 몇 명에게 '나의 재능' 을 물어보면 할 일을 찾을 수 있다더군요. 세상은 등수도 액수도 아닌 튼튼한 우정에 기반을 두고 있다는 그 말의 온기가 여러분 가슴에도 가닿기를.

인생은
출퇴근이 아니야

장하준
대한민국의 경제학자,
『나쁜 사마리아인』 저자

애덤 스미스는 도덕철학자였고
『도덕 감정론』에서 인간을 복잡한 존재로 봤어요.
인간의 동기는 다양하고
어떻게 사회를 디자인하는가에 따라 정체성이 달라집니다.
말이 씨가 된다고,
'인간은 이기적인 존재'라고 정의하면 말한 대로 행동해요.
남들이 그렇게 행동하면 나만 바보같이 당할 수 없으니까,
그런 의식이 퍼지면 다수의 진리가 되는 거죠.
사회는 계속 바뀌어요.
노동의 의미를 깊게 보지 않으면
우리 인생은 출근하면 끝나고 퇴근하면 시작돼요.
직업을, 노동을 소비의 도구로만 보니
워라밸과 욜로가 들락날락 하는 겁니다.
소비자, 투자자를 우리의 정체성으로 보면 삶이 황폐해집니다.

_2023년 4월, 「김지수의 인터스텔라」 인터뷰 중에서

p.s. 『사다리 걷어차기』와 『나쁜 사마리아인』으로 유명한 경제학자 장하
준은 2022년 케임브리지대학교에서 런던대학교 경제학과로 옮겼습니다.
그는 자본 아니면 노동, 시장 아니면 정부…… 하나의 이론으로 사회 발전
을 설명하지 않습니다. 무엇보다 우리의 정체성을 소비자, 투자자로만 설
정하면 삶이 황폐해진다는 그의 말에 깊이 동의합니다.

타인의 유익

말콤 글래드웰
캐나다 출신 저널리스트,
세계적인 경영 사상가

암묵적인 신뢰에서 오는 혜택이 얼마나 대단한지
인류 공동체는 진화의 경험으로 알고 있습니다.
이런 신뢰는 가끔 일어나는 사기나 배신을 보상해 주고도 남죠.
다양한 샘플을 통해 내가 내린 결론은
'언제 믿고 믿지 말아야 할지 알아내는 것은
사실상 불가능하다'는 것입니다.
'신뢰를 주었다 뺏었다'를 자유자재로 결정할 만큼
우리는 타인에 대해 절대로 알지 못해요.
누군가를 '안다'고 자만하지 마세요! 일단 들어주세요!
그리고 결론을 내리기 전에 한 템포 더 기다리세요.
이념적으로 반대편에 선 사람들과 당신은,
당신이 생각하는 것보다 공통점이 훨씬 더 많습니다.
마음을 열어야 그 사실을 발견하고
인내심을 발휘해야 그 사실을 인정할 수 있어요.

_2020년 7월, 「김지수의 인터스텔라」 인터뷰 중에서

p.s. 『타인의 해석』이 출간됐을 때 그와 인터뷰를 할 수 있었고, 매우 귀한
말을 건넸습니다. 세상에서 아름답고 의미 있는 일들의 대부분은 낯선 사
람과 과감하게 말을 터보면서 시작된다는 거죠. 그 뒤에 저는 이렇게 자문
합니다. 나는 다양한 타인에게 노출되고 있는가?

활자를
만나라

강상중
고물상의 아들로 태어나
재일 한국인 최초로 도쿄대
정교수가 된 정치학자

'여행 도중에'라는 책을 본 적 있어요.

거기에 '나라는 존재는 지금까지 만남의 일부다'라는

구절이 있었어요.

원래 '나'는 자기 안쪽으로 파고드는 질문인데,

만남의 축적으로 '나'를 바라본 게 흥미로웠어요.

거기서 빼놓을 수 없는 게 '책'과의 만남이에요.

독서가 대단한 건 재귀 능력 때문이에요.

책갈피 사이에서 뒤돌아보고 반성하면서

'나는 누구인가'라는 질문을 던지죠.

책을 읽을 수 있다는 건 놀라운 특권이에요.

페이퍼의 활자는 정보를 능동적으로 흡수하게 만들어요.

TV나 인터넷에서 흘러가는 플로우flow와는 다르죠.

_2017년 10월, 「김지수의 인터스텔라」 인터뷰 중에서

언제까지
비관주의자로 살 텐가

옌스 바이드너
독일의 심리학자,
'지적인 낙관주의자'

행복은 단순히 일어나는 게 아니에요.
그것을 위해서 무언가를 해야 하죠.
나에겐 나만의 기도문이 있어요.
기도문에는 '우리 삶은 아름답고 우리는 그것을
더 아름답게 만들기 위해 일해야 한다'고 쓰여 있습니다.
사실 낙관주의자는
인간의 삶이 연약하고 깨어지기 쉬우며
삶엔 고통이 따르고
그 고통이 매우 빈번하다는 것을 이해합니다.
다만 그중 스스로 해결 가능한 부분이 있다는 것을 알 뿐이죠.
문제는 어디서든 돌출될 수 있습니다.
기회가 있을 때마다 난관을 보지 말고
난관에 부딪힐 때마다 기회를 보세요.

_2018년 9월, 「김지수의 인터스텔라」 인터뷰 중에서

p.s. 이 인터뷰를 통해 방어적 비관주의자였던 저는 그동안 제가 비싼 심리
적 비용을 치르고 있다는 것을 알았습니다. 내가 평균 이상의 능력과 인성
을 갖고 있다고 착각하는 '평균 이상 효과'는 자기혐오를 날리는 데 꽤나 힘
이 세니 권유합니다.

성격과 품성의 차이

미국의 조직심리학자,
와튼스쿨 최연소 종신 교수

성격은 평상시에 여러분이 어떤 사람인지 보여준다면
품성은 힘든 시기에 여러분이 어떤 사람인지 보여줍니다.
품성은 낮은 본능을 극복하는 학습된 기량의 묶음입니다.
품성 기량을 발달시키기에 너무 늦은 때란 없습니다.
내성적이고 수줍음이 많았던 저는 기적처럼
저의 숨은 잠재력을 간파한
제인 더튼Jane Dutton이라는 멘토를 만났어요.
그분은 제가 마술을 했다는 사실을 알고,
"내면의 마술사를 자유롭게 풀어주라!"라고 격려했죠.
작은 강의실에서도 사시나무 떨듯 떨던 한 사람이
10년의 세월이 지나는 동안 TED 무대에서 강연하고
박수갈채를 받는 사람으로 바뀌었습니다.

_2024년 3월, 「김지수의 인터스텔라」 인터뷰 중에서

 p.s. 와튼스쿨의 조직심리학 교수 애덤 그랜트는 최근작 『히든 포텐셜』에서 '인성의 신비'를 탐구했습니다. 그는 수많은 사례와 연구를 통해 '품성이 재능보다 훨씬 중요하다'고 결론 내립니다. 실제로 세계적인 음악가, 예술가, 과학자, 운동선수들을 심층 면담한 결과 신동은 손에 꼽을 정도였으며, 그들의 재능은 형제자매나 이웃집 아이와 비교해서 좀 더 나은 정도였다고 해요. 그들의 잠재력을 끌어낸 것은 다름 아닌 그들의 품성이었습니다. 그가 보내온 인터뷰 답변지에서도 그의 따스한 인품이 전달되더군요.

112 · 113

효율을
거부하라

제러미 리프킨
현 시대 가장 영향력 있는
경제 사상가, 미래학자

회복력의 핵심은 중복성과 다양성입니다.
효율성의 반대편에 있기 때문입니다.
효율성의 핵심은 마찰을 제거하는 일입니다.
불필요한 재고나 노동력을 없애서
투자자들에게 더 많은 이윤이 돌아가도록 하는 거죠.
하지만 자연에는 효율성, 생산성이라는 개념이
아무런 의미가 없습니다.
대신 자연에서는 재생성, 반복과 중복성과 다양성이 중요합니다.
중복성과 다양성이 부족한 생태계일수록
무너질 확률도 높아요.
자연의 기본 요소들은 모두
인류의 시간 목표와는 반대의 지점에 있습니다.

_2022년 10월, 「김지수의 인터스텔라」 인터뷰 중에서

p.s. 제러미 리프킨은 질주하는 전차처럼 엄청난 속도로 이야기를 쏟아냈습니다. 석학의 태도는 한결같았습니다. (우아함, 간절함, 친절함.) 그와의 인터뷰를 통해 저는 회복력은 일종의 취약성이며 새로운 경험을 열린 자세로 받아들이는 것이라는 걸 배웠습니다.

꿈인가, 생시인가
헤매는 사람에게

이성복
대한민국의 시인

늙고 죽는 것?
얼음판에서 브레이크를 밟아도 계속 미끄러지는 느낌…….
그때의 막연함 같은 거죠.
'어어' 하면서 '이게 꿈인가? 생시인가?' 싶죠.
그럴 땐 시동을 껐다 다시 켜면 돼요.
멀리 보지 말고 자기 발밑을 보세요.
잘 안 되면 어느 순간엔 시동을 꺼야 해요.
어느 날 내가 면도를 하다 면도기가 잘 안 들어
AS센터에 전화했더니, 완전히 끄고 다시 켜래.
하지만 상황에 빠지면 끌 생각을 못 하죠.

_2018년 7월, 「김지수의 인터스텔라」 인터뷰 중에서

p.s. 20대부터 이성복은 저의 우상이었습니다. 중년에 '성덕'이 되어 그를
만났습니다. 깨끗하게 보존된 시인이 그러더군요. 시는 '타인의 신발을 바
깥으로 놓는 행위'이고, '말할 수 없는 것을 말하는 것'이라고. 이성복 시인
이 제게 호를 지어주었어요. 선재, 착한 집. 그렇게 살아보렵니다.

성공의
취기

라이언 홀리데이

시대를 대표하는
미국의 사상가,
에고 전문가

성공은 현실에 안개를 드리웁니다.
하지만 사람마다 주량이 다르듯
성공의 취기도 그 주량이 제각각이죠.
칭찬과 박수갈채에 목을 맨 사람은 더 취하고,
감사함과 겸손함에 익숙한 사람은 덜 취합니다.
겸손이야말로 성공의 취기를 해독하는 데 가장 유효합니다.
성공을 열망하거나 혹은 이미 성공했더라도,
여러분은 학생의 사고방식을 가져야 합니다.
주기적으로 가장 적은 지식을 가진 사람이 되는
방 안에 들어가세요. 관찰하고 배우세요.
그 불편한 느낌은, 특별한 전능자가 되고 싶은
여러분의 욕구를 다스릴 것입니다.

_2017년 6월, 「김지수의 인터스텔라」 인터뷰 중에서

p.s. 미디어 전략가 라이언 홀리데이가 쓴 책 『에고라는 적』은 성공으로 가는 길에 가장 큰 장애물인 '에고(지나친 자의식)'를 깊고 넓게 통찰한 책입니다. 『에고라는 적』은 출간 후 아마존 경제경영과 자기계발 분야에서 오랜 기간 베스트셀러에 올랐습니다.

연민으로
생존하기

수전 케인
'내향인의 가치'를 발견한
미국의 리더십 전문가이자
저술가

인간은 서로의 어려움에 반응하도록 프로그래밍이 되어 있어요.
아기는 뇌가 완전히 발달하면 산도를 통과하지 못하기에
모든 동물 중 가장 취약한 상태로 세상에 나와요.
오랜 시간 의존적인 어린아이를 돌보기 위해
인간은 연민을 키워야 했죠.
인간은 그 연민을 완전히 새로운 차원으로 진전시켰습니다.
슬픔을 느끼면서도 곤궁에 처한 타인을 돌보는 능력으로
지금의 문명에 이르렀어요.
다윈은 자연의 잔인성에도 불구하고
아픈 고양이를 핥아주는 개,
눈먼 동무에게 먹이를 가져다주는 까마귀 등에 주목했죠.
다윈에게 더 맞는 구호는 '선자생존'입니다.
그는 가족과 인류를 넘어 다른 종까지
연민 작용을 확대하는 것이
인간의 가장 고귀한 일이라고 주장했으니까요.

_2022년 8월, 「김지수의 인터스텔라」 인터뷰 중에서

p.s. 세계적인 베스트셀러 『콰이어트』로 내향인의 저력을 입증했던 수전
케인이 달콤 쌉쌀함의 가치를 담은 책 『비터스위트』로 돌아왔습니다. 조용
필의 노랫말처럼 우리 인생은 '웃고 있어도 눈물이 납니다'. 인터뷰 후에 저
는 제 슬픔에 자부심이 생겼습니다.

이렇다 할
전리품이 없더라도

폴 블룸
미국의 심리학자,
발달심리학과 언어심리학의
세계적 권위자

고난의 쾌락은 도처에 있어요.

인간은 권태를 극복하기 위해 다양한 모험을 시도합니다.

결정적으로 인생이 잘 흘러갈 때

우리는 스스로 얼마나 취약한지 잊고 살죠.

그러다 피할 수 없는 고난을 만나면

깨지고 재조립되면서 세계가 확장됩니다.

그리하여 고난은 고귀한 목적을 이루는 한편

충만한 삶을 사는 데 중요합니다.

고난을 겪은 후 이렇다 할 전리품이 없더라도

그 과정을 지나온 인내 그 자체는 명예가 됩니다.

타인의 고통을 이해하고 선악을 분별하는 능력이 생기지요.

_2022년 4월, 「김지수의 인터스텔라」 인터뷰 중에서

밤의
환희

이어령

대한민국의 대표 지성,
초대 문화부 장관

깨달을 때의 환희를 '타우마제인'이라고 해요.
나만의 '타우마제인'이 생기면 말하고 싶어서 못 견뎠죠.
밤중에 깨달으면 집사람을 깨워서 얘기해요.
누군가를 깨워서 감동을 나누고 싶을 만큼,
'내가 깨달은 건' 순수하게 기뻐요.
책과 진리는 도서관에도 있고
길바닥에도 있고 쓰레기통에도 있어요.
우연히 시선이 꽂힌 제목을 뽑아 훌훌 책장을 넘기다
기막힌 문장을 만나면, 딱 덮어요.
악 소리가 나거든. 감전된 것 같아.
내가 오늘 밤 깨어 이걸 펼치지 않았으면
영원히 만나지 못했을 문장……. 그게 환희죠.
그게 독서예요.

_2022년 1월, 「김지수의 인터스텔라」 인터뷰 중에서

p.s. 이어령 선생이 작고하시기 두 달 전에 이루어진 인터뷰입니다. 그가 마지막까지 최고의 스승으로 남고자 했기에, 우리는 거인의 어깨에 서서 새해를 맞이할 수 있었습니다. 지금도 선생이 한밤에 깨어 홀로 서가를 어슬렁거리는 모습이, 호탕하게 웃으시던 모습이 선명하게 그려집니다. 몽유하듯, 사유하는. 단독자에게 밤은 얼마나 짧은가요.

윤리적 격변
속에서도

세계가 사랑하는
가장 인문학적인 미래학자

기술이 발전할수록
세대 간 갈등과 윤리적 격변은 지금보다 더욱 심화할 겁니다.
좋은 소식은 세상 사람들의 99% 이상은
단지 옳은 일을 하고 싶어 하는 건전한 사람이라는 겁니다.
나와 정반대의 의견을 가진 집단일지라도
그 개별적 인간성을 인식하세요.
끔찍한 죽음의 수용소에서도
품위 있는 인간들이 많았다는 것을 기억하면서요.

_2022년 4월, 「김지수의 인터스텔라」 인터뷰 중에서

우연한 목격의 기쁨

도리스 메르틴
독일의 학자, 『아비투스』 저자

세렌디피티는 뜻밖의 상황에서 좋은 기회를 포착하는 재능입니다.

압박과 표준이 없는 환경에서 더 많이 일어나죠.

코로나 이후 세계는 아프리카의 야생과 비슷한 환경입니다.

불확실성, 변동성이 높아서 야생의 감각이 필요하죠.

야생의 감각을 키우는 데는 무작위적인 독서가 좋습니다.

빌 게이츠는 1년에 50권이 넘는 책을 읽어요.

그런 태도야말로 세렌디피티의 전제 조건이죠.

구글이나 페이스북의 필터 버블,

알고리즘 환경과는 확연히 다르니까요.

여기서 슈퍼 인카운터링super-encountering이 필요해요.

슈퍼 인카운터링은 정보를 찾을 때 그 가치를 알아보고

적재적소에 활용하는 행위입니다.

세렌디피티의 수혜를 누리려면,

일단 그런 우연한 목격의 가치를 알아차려야 해요.

_2022년 4월, 「김지수의 인터스텔라」 인터뷰 중에서

p.s. 글을 쓸 때마다 저는 도리스 메르틴이 말한 '야생의 감각'과 '슈퍼 인카운터링' 기법을 활용합니다. 아무 책이나 집어서 읽으면서, 그때그때 얻어진 정보를 적재적소에 배치하는 방법이지요. 무엇보다 인터뷰 후에 완벽함과 탁월함을 구분할 수 있게 된 것이 큰 도움이 되었습니다.

그만둘까
계속할까?

애니 듀크
미국의 의사결정 전문가,
세계 포커 챔피언

전문 포커 플레이어였을 때, 제가 했던 모든 게임에는
그만두기 결정을 해야 하는 순간이 있었습니다.
게임을 계속 해야 하는지,
언제 판을 접고 일어나야 하는지 순간순간 결정해야 했죠.
늘 이기진 못했지만,
최소한 늘 중단 기준만은 지키려고 노력했습니다.
그 덕분에 대체로 저는 다른 사람보다 승률이 높았습니다.
성공은 어떤 일을 단순히
계속한다고 얻을 수 있는 게 아니거든요.
가치 있는 일을 계속하기 위해,
가치 없는 일은 최대한 빠르게 그만둬야 해요.
시간과 에너지는 한정돼 있으니까요.

_2023년 2월, 「김지수의 인터스텔라」 인터뷰 중에서

인간은
우주의 자의식

강금실

변호사,
대한민국 여성 최초
법무부 장관

인간은 처음으로 우주를 바라봤어요.

우주를 쳐다보고 자신을 되돌아보는 리플렉션의 존재였죠.

그래서 저는 우주의 자의식을 인간이라고 해요.

생명 있는 행성이 흔치 않은데 지구에 태어나서

양자역학과 빅뱅까지 알아낸 존재가 인간이잖아요.

선악과를 따먹고 부끄러움에 눈을 뜬 존재죠.

그런 인간이 진화의 정점인 생명나무 꼭대기에 올라 AI를 만들고,

생명과학의 이름으로 유전자에도 메스를 대고 있어요.

자연과 인간을 분리시키는 이 모든 의지적 행위를

이제는 깊이 들여다봐야 합니다.

늦었지만 이제부터라도 비인간 존재에 정치적 맥락을 부여해서

인간 중심의 사건을 재해석해야 합니다.

_2022년 9월, 「김지수의 인터스텔라」 인터뷰 중에서

p.s. 어디서 무얼 하건 항상 본령이 무엇인가를 생각했다는 강금실. 『지구를 위한 변론』이라는 책을 낸 강금실 변호사를 만나 이야기를 나눴습니다. '존재가 있는 곳에 권리가 있다'는 생각으로 강의, 바다의, 나무의 변호사가 된다는 건 대체 어떤 마음일까……. 정밀한 판단의 언어와 넓은 성찰의 언어가 충돌하지 않는 사람의 몸에선 내내 향기가 배어 나왔습니다.

아픔이
길이 되는 언어

김승섭
대한민국
사회역학의 개척자,
『아픔이 길이 되려면』저자

제 언어는 살얼음판을 걷는 것 같아요.

그래도 이 언어로 가닿을 수 있도록,

삶에서 건져 올린 데이터로 설명하려고 해요.

타인의 고통은 내 것이 될 수는 없어요.

다만 저는 그 거리를 잘 아는 거죠.

인간 고통의 개별성 앞에서 내가 할 수 있는 게 뭐지?

제 경우는 공부예요. 그렇다고 사회가 바뀌나?

그건 제가 답할 수 없어요.

저는 제 자리에서 할 수 있는 일을 할 뿐이죠.

어떤 상황을 구체적인 언어로 내놓으면

사회가 더 나아질 수 있다고 믿어요.

_2020년 4월, 「김지수의 인터스텔라」 인터뷰 중에서

p.s. 『아픔이 길이 되려면』이라는 책으로 사회적 약자를 위한 통증의 언어
를 발견하고 수치화한 김승섭 교수를 코로나가 한창이던 시절에 인터뷰했
습니다. '하늘을 우러러 한 점 부끄럼 없기를, 잎새에 이는 바람에도 괴로
워할 것 같은' 해사한 얼굴의 교수가 가장 낮은 자리의 언어로 치열하고 튼
튼한 이야기를 쏟아냈습니다. 시인이 될 수도, 철학자가 될 수도, 의사가
될 수도 있었던 사람이 사회역학자가 된 듯했습니다. 이 인터뷰 이후로 저
는 '더 나은 언어'라는 말을 쓰기 시작했습니다.

당신은 믿을 만한 사람입니까?

데이비드 데스테노
미국의 저명한 사회심리학자

나는 오랫동안 신뢰를 배반하는 사람과
신뢰를 유지하는 사람에 대한
행동 사례를 수집해서 시뮬레이션했습니다.
처음에 발견한 사실은 속임수를 쓰는 사람들이
빠른 이득을 얻는다는 것이었지요.
그러나 시간이 지나면 사람들은
그를 믿을 수 없다고 단정하고
그의 입지와 자원은 점차 줄어들어요.
우리가 분별력 있게 신뢰하는 법을 체득하기 때문입니다.
결국 정직한 사람이 역동적인 신뢰 게임의 승자가 됩니다.
오랜 시간을 두고 보면 인맥과 기회를 통해
가장 많은 자원을 얻는 사람은 정직한 사람들이죠.

_2019년 4월, 「김지수의 인터스텔라」 인터뷰 중에서

p.s. 우리는 지금도 타인을 믿고, 크고 작은 결정을 내리고, 동시에 생의 여러 길목에서 배신감에 몸을 떱니다. 데이비드 데스테노에 의하면 신뢰는 도박입니다. 우리가 타인과 협력했을 때 잃는 것보다 얻는 게 많다는 쪽에 거는 훈련된 베팅이지요. 저는 늘 얻는 게 더 많다는 쪽에 베팅합니다.

저는 인터뷰어지만 '더 나은 언어로 세상을 잇는
마인즈 커넥터'로 제 직업을 정의했습니다.
여러분께도 묻습니다.
나는 무엇을 하는 사람입니까?
높은 시선에서 당신의 일과 정체성을 관찰해 보세요.

3장

탁월한 직업인으로 이끄는
각성의 말

오늘도 책상 앞에서
머리를 움켜 쥔 모든 직업인에게

귀는 세상의 민심과 함께 마음의 방향을 따릅니다. 마음이 없으면 들려도 못 듣고, 마음이 향하면 안 들리는 소리도 들리지요. 언제부터인가 자기 일에 진심인 사람의 말에 귀가 기울기 시작했습니다. 이름하여 '업의 장인'들의 말입니다. 그들이 쓰는 언어는 기존의 가치관과 질서를 거스르는 비범한 힘이 있습니다. 혼자 깨달아 얻게 된 각성의 말은 그 반전의 리듬이 특별했어요.

박정민이라는 배우를 흥미롭게 지켜보았습니다. 박정민은 자기가 무엇을 하고 있는지, 어떤 상태인지 정확히 아는, 자아의 해상도가 높은 사람이었습니다. 연기가 좋아 전공도 바꾸고 올인했지만, 극심한 강박증을 앓고 난 뒤 책도 쓰고 서점도 운영하며 여러 개의 스테이지에서 여러 개의 캐릭터로 살았습니다. 저는 그가 쓴 에세이 『쓸만한 인간』에서 '찌질하다의 반대말은 찌질했다'라는 문장을 읽고 한참을 웃었습니다. 충동과 반성을 오가며 억압의 레벨을 낮춘 작가 박정민은 배우 박정민보다 훨씬 더 가볍고 눈치 보지 않으며 명랑했지요. 그가 했던 말이 경험 많은 어떤 장년의 말보다 강렬하게 머릿속에 남았습니다.

"열심히 한다고 좋아지진 않아요. 적정 포인트에 이르러 뭘 좀 알아야 좋아지죠. 열심히 하는 건 순전히 제가 안정되기 위해서죠. 준비하지 못했다는 불안감을 없애려고요."

"수렁에 빠져보니 고민한다고 해결되지 않더라고요. 아등바등한다고 좋아지지 않죠. 원하는 방향으로 쉽게 갈 수도 없어요. 그러니하고 싶은 대로 하고 살아도 됩니다……. 요즘엔 '모든 선택의 기준은 오직 사람'이라는 것만 기억해요."

이후에 제가 만나는 업의 장인들도 자기만의 언어로 일과 성장과 행복을 해석해 나갔습니다. '뭘 하면 즐거운지를 나에게 집요하게 물어야 한다'며 묻고 또 물어 음성학의 우주를 발견한 뮤지컬 배우 옥주현, '즐겁게 계속하기 위해 절대 무리하지 않는다'며 '완벽주의와 자기 착취'를 경계했던 화가 겸 가수 백현진, '남을 이기고 싶지 않다. 세상의 정상성에 질문을 던지고 싶다'며 비주류 세상의 빛나는 기록자가 된 다큐멘터리 감독 이길보라 등등.

젊은 장인의 언어는 '즐거움'과 '잘함'과 '계속함(지속가능성)'의 삼위일체 속에 있었습니다. 그들은 그 삼각의 평형을 유지하기 위해 자신에게 질문하되 닦달하기는 거부했지요. 계속하기 위해 '즐거움'과 '잘함'이 충돌할 때는 저마다의 기지를 발휘했습니다. 옥주현은 취향의 동반자 조여정과 '함께' 신세계를 팠고, 박정민은 '부업(서점)'과 '부캐(작가)'로 무게감을 분산했으며, 백현진은 '완성이 아니라 적정 순간에 손을 뗄 뿐'이라며 힘을 뺀 스타일로 자기 장르를 만들어갔습니다. 그의 노래는 가운데가 뻥 뚫린 도넛처럼 비어 있으면서도, 어딘가 모르게 쫀득하고 평화로웠지요.

가수 장기하는 '즐거움'과 '잘함'과 '계속함'의 평형을 '적절한 포기'에서 찾았습니다. 세상에 두각을 나타내고 싶어서 나를 관찰했고, 못하는 것을 하나둘 포기했더니 지금의 선명한 내가 남았다고 그는 말하더군요. 장기하의 단념은 전념을 위한 알리바이였습니다. '못함'을 덜어내서 '잘함'의 정확성을 높이니, 즐거움과 지속성이 동반 상승했다고요. 이 과정에서 생긴 개성과 고유함은 경쟁의 끔찍한 제로섬 게임에서 그를 구원했습니다. 바라던 대로 그는 자기가 만든 레이스에서 두각을 드러내며 삽니다.

각성의 언어란 무엇일까요? 제가 인터뷰로 건진 각성의 언어들은 대체로 청년의 언어입니다. 청년이란 무엇입니까? 생물학적 나이와 상관없이 죽을 때까지 질문을 던지고 답을 찾는 존재지요. 다수가 정한 편견의 그물망에 걸리지 않고, 드넓은 생의 바다에 서슴없이 몸을 던져 '어떻게 살 것인가'에 대한 싱싱한 자기 언어를 포획하는 사람입니다.

이번 장에서는 그렇게 싱싱하고 리드미컬한 '각성의 말'을 담았습니다. 기존의 익숙한 질서에서 빠져나오려면 '편견 없음'이 필수입니다. 무엇보다 다른 시야를 가진 사람은 사회적 시선을 기준으로 자기를 착취하지 않습니다. 단일한 목표, 고정된 기준에 얽매여 사고하지 않기에, 잘 섞이고 섞으면서 수련하고 혁신합니다.

'위인'의 말보다는 '장인'의 말에 가깝기에 3장 각성의 말에 등장하는 사람들은 일터의 현자들이 많습니다. 쓰면서 느끼실 테지만, 각성의 언어는 젊고 싱싱한 한편 본질에 집중해서 더욱 고전적으로 느껴지기도 할 겁니다. 야구 선수 이승엽이 '공이 오면 공을 친다'고 할 때가 그렇습니다.

그동안 일과 삶의 담담한 기록자로 성장한 여러분이 주어가 되어 다양하게 적용해 보시기 바랍니다. 업의 본질을 통과하는 당신의 선한 결심이 또 하나의 '각성의 문장들'로 뻗어나가길 기대합니다.

서로가
손님

송길영
대한민국의
데이터 과학자

'서로가 소중한 손님'이라는 태도가 몸에 배야 합니다.

회사도 항구처럼 '잠시 같이 있는 환승장'이 될 거예요.

위도 아래도 '척을 지면' 안 됩니다.

"그동안 감사했어요. 이제 시간이 되었어요!"

점점 쿨한 안녕이 많아집니다.

있을 땐 위계 없이, 떠날 땐 원한 없이.

회자정리 거자필반.

만나고 헤어지고 떠났다 돌아옵니다.

결국 예의가 표준이죠.

예전엔 역 앞에 있는 식당은 불친절했잖아요.

이젠 별점으로 예약으로 평판으로 다시 만나요. 늘 삼가야죠.

무례하면 세상이 좁아집니다.

섬세한 조직, 세심한 인간이 살아남습니다.

_2023년 1월, 「김지수의 인터스텔라」 인터뷰 중에서

p.s. 데이터 과학자 송길영과는 매년 1월에 '디지털 토정비결'이라는 명목으로 새해 어젠다 인터뷰를 했습니다. 저는 이후 송길영이 출간한 책 『시대예보 : 핵개인의 시대』의 책임편집을 맡아 지적 여행에 기쁘게 동참할 수 있었습니다.

그냥
계속하세요

닉 매기울리

미국의 데이터 과학자이자
자산 관리 전문가,
『저스트. 킵. 바잉』 저자

주식은 가장 훌륭한 재산 형성 도구지만,
매우 어려운 시기를 겪을 수도 있습니다.
훨씬 더 안정적인 부동산에 비하면, 주식 포트폴리오는
절반 혹은 그 이하의 가치로 떨어질 수도 있지요.
10년 동안 꾸준히 상승한 가치가 단 며칠 만에
증발해 버리는 것을 보는 것은 고통스러운 경험입니다.
그러나 결국 변동성으로 인한 격변의 감정과
맞서는 방법은 장기적으로 '멀리 보는' 것입니다.
아무런 리스크도 감수하지 않으려는 태도가
가장 커다란 리스크가 될 수도 있어요.
아무런 행동도 하지 않는 사람은
오랜 시간이 지나도 아무런 결과를 얻지 못합니다.

_2022년 11월, 「김지수의 인터스텔라」 인터뷰 중에서

p.s. 제가 『팩트풀니스』를 쓴 안나 로슬링, 『인피니티 게임』을 쓴 경영 사
상가 사이먼 시넥, 『불변의 법칙』을 쓴 모건 하우절 그리고 『저스트. 킵. 바
잉』을 쓴 닉 매기울리를 인터뷰하고 발견한 공통점은 하나입니다. 바로 장
기 데이터를 본다는 것. 멀리 보면 인류가 결국은 공리적인 높은 점을 향해
가고 있다는 것을 알게 됩니다.

원하는 곳에
공 놓기

최경주

대한민국 남자
프로골프의 선구자,
'코리안 탱크'

18홀을 치다 보면 우리는 늘 예상치 못한 환경과 만나요.

그때 머리로 짐작만 해서는 못 쳐요.

몸이 그 환경을 정확히 알고 반응해야죠.

그래서 저는 사람들에게 웬만하면 땅에서 연습하라고 해요.

고무 매트에서도 쳐보고 콘크리트에서도 쳐보라고요.

땅의 반응, 공의 반응, 채의 반응을 다 느껴보라고요.

짐작만 하지 말고 자꾸 시도해 보라고요.

골프는 아침 다르고 오후 다르고, 어제 오늘 내일이 달라요.

그때그때마다 새롭게 적응할 뿐이죠. 그게 재밌어요.

인생이 그렇잖아요. 변화무쌍한 환경 앞에서 늘 미완성이죠.

완벽하지도 완전하지도 않아요.

그런데도 모든 인간은 도전을 좋아해요.

그 과정에서 성공과 성취의 색깔이 달라지니까요.

_2021년 10월, 「김지수의 인터스텔라」 인터뷰 중에서

p.s. 최경주를 인터뷰하면서 느꼈습니다. 어쩌면 '단순한 직면'이 가장 어려운 경지라는 것을. 바람 불어도 해가 뜨거워도, 잘 나가던 공이 홀 앞에 멈춰서도 그는 불평하지 않습니다. 골프는 그날의 날씨, 그날의 친구, 그날의 운, 자연의 리듬에 따라 출렁이는 독특한 공의 춤이니까요. 핑계 대지 말고, 몸이 기억하도록 반복하고 재미를 붙이라는 그의 조언, 참 쉽고도 어렵습니다.

우리는 미래의
암 환자

아즈라 라자

미국의 의사이자 과학자,
세계적인 종양 전문의

나는 환자들의 고통을 세세하게 기억합니다.

그들이 거기에 있어, 용기를 냅니다.

나는 많은 죽음을 목격했고

자연이 각자에게 어떻게 죽는지를 가르쳐주는 모습에

깊은 인상을 받았어요.

인간은 죽음을 두려워하지만

결국 신속하게 궁극의 평화로 떠납니다.

이제 우리는 죽음을 그만 걱정하고 삶을 살아야 합니다.

_2020년 11월, 「김지수의 인터스텔라」 인터뷰 중에서

p.s. 아즈라 라자 박사는 동료 종양학자였던 남편 하비를 2002년 림프종
으로 잃었으며, 최근 하비를 비롯해 세상을 뜬 일곱 명의 암 환자의 죽음
을 기술한 책 『퍼스트 셀』을 출간했습니다. 환자의 고통을 먼저 생각하는
종양 전문가의 양심선언이지요. 의사들이 가혹한 치료법을 쓰며 암세포의
꽁무늬만 쫓고 있다는 그의 비판에 의학계가 어떤 답을 준비하고 있을지
지금도 궁금합니다.

마음껏
섞어봐

장영규

'조선의 힙'
이날치 밴드의 베이시스트,
영화 음악 작곡가

고민을 많이 하지 않아요.

작업 속도도 빨라서 많이 만든 후에 과감하게 버립니다.

고민하지 않고 잘 버리는 게 저의 창작 루틴이에요.

심각하지 않아요. 매사 편안합니다.

편안하면 귀에 들려요. 이거랑 저거랑 붙이면 좋겠다.

다 주변의 좋은 사람들 덕이죠.

그들 옆에서 마음을 열고

수용 범위를 넓히는 게 훈련이 됐어요.

그런데 좋은 인연도, 황홀한 우연도 포착하지 않으면 사라져요.

저는 매끄럽지 않은 희귀한 사람들을 많이 만나서

영향도 받고 도움도 받았어요.

음악만 생각했다면 지금처럼 넓어지지 못했을 거예요.

_2021년 1월, 「김지수의 인터스텔라」 인터뷰 중에서

p.s. 바야흐로 타고난 엘리트들이 이끌던 '화성의 시대'에서 모두가 자기만
의 박자를 느끼는 '리듬의 시대'가 밝았습니다. 리듬의 시대엔 메인과 서브
의 구분도, 기승전결도 중요하지 않습니다. 중요한 것은 구조지요. 양극단
을 충돌 없이 붙이는 것. 개성을 해치지 않고 조화를 만들어내는 것.

집중력
되찾기

글로리아 마크

미국의 인간-컴퓨터
상호작용 전문가,
캘리포니아대학 석좌교수

작가 마이아 엔젤로는
한 달 단위로 호텔 방을 빌려 글을 썼어요.
사전과 성경책 이외에 십자말풀이와 카드 한 벌처럼
놀거리도 챙겼습니다.
큰 마음은 글 쓰는 데 사용하고,
작은 마음은 십자말풀이 등을 하며 잡념을 막아주는 데 썼지요.
큰 집중, 작은 집중을 잘 배치해서 쓴 겁니다.
일러스트레이터 마리아 칼먼은 식탁에서 작업을 쓰다가
중간중간 은식기를 닦거나 다림질을 했어요.
힘든 일 다음에는 여백의 미를 확보하고,
버겁고 하기 싫은 일을 연달아 하지 않도록
리듬을 관리하길 바랍니다.

_2024년 6월, 「김지수의 인터스텔라」 인터뷰 중에서

p.s. 주위를 둘러보면 현대인들은 다들 얼마간 충동 조절에 실패한 ADHD
환자들 같습니다. 『집중의 재발견』을 쓴 글로리아 마크를 인터뷰하면서 배
운 건, 고도의 과제를 수행하는 주의 집중만큼이나 뜨개질이나 십자말풀
이 같은 무심한 활동이 중요하다는 거예요. 창조적 몰입에 이르지 못한다
고 너무 자책할 필요도 없고요. 보통 사람은 무심한 활동을 할 때 더 큰 행
복을 느낀다니, 왠지 위로가 됩니다.

창조는
정리

정구호

패션, 영화, 브랜드……
경계를 넘나드는
대한민국의 아트 디렉터

제가 '미니멀 앤 아방가르드'를 추구한 건 아닙니다.
기본에 충실해야 한다는 생각이 '미니멀'이 되고,
거기서 좀 더 혁신적인 태도를 취하니까
아방가르드가 된 거죠.
그런데 지금 하고 있는 작업도 다 비슷한 방식이에요.
베이식을 찾은 다음, 미래를 예측해서
그 흐름에 맞게 약간의 새로움을 얹는 거죠.
다 늘어놓을 수는 있지만,
그 늘어놓은 것을 정리할 수 있는 자가 미니멀리스트예요.

_2019년 6월, 「김지수의 인터스텔라」 인터뷰 중에서

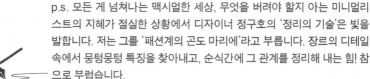

p.s. 모든 게 넘쳐나는 맥시멀한 세상, 무엇을 버려야 할지 아는 미니멀리
스트의 지혜가 절실한 상황에서 디자이너 정구호의 '정리의 기술'은 빛을
발합니다. 저는 그를 '패션계의 곤도 마리에'라고 부릅니다. 장르의 디테일
속에서 뭉텅뭉텅 특징을 찾아내고, 순식간에 그 관계를 정리해 내는 힘! 참
으로 부럽습니다.

미움이라는
비용

기시미 이치로

『미움받을 용기』를 펴낸
일본의 작가이자 철학자

이걸 택하면 후회하겠지, 싶은 걸 택하는 게
심리적으로 더 낫습니다.
왜냐하면 어떤 걸 선택하든 후회할 테니까요.
덧붙여 한번 내린 결정을 반드시 고수할 필요는 없어요.
번복하는 걸 주저하면 안 됩니다.
어떤 결정을 내려도 그걸 싫어하는 사람이 반드시 있습니다.
다른 사람의 눈치를 보느라
내 인생을 '유보' 상태로 두면 안 됩니다.
결정하고 앞으로 나아가세요.
주변에 나를 못마땅해하는 사람이 있다면
'잘살고 있다'고 생각하세요.
그 정도 미움은 자유롭게 살기 위해 치러야 할 비용입니다.
남이 나를 어떻게 볼지 전전긍긍하다간 내 인생을 살 수 없습니다.
'미움받도록 행동하라'가 아니에요.
미움받을까 봐 조마조마해하며, 자기 인생을 버려두지 말라는 거죠.

_2020년 3월, 「김지수의 인터스텔라」 인터뷰 중에서

p.s. 『미움받을 용기』라는 책으로 유명한 기시미 이치로 선생과의 인터뷰
는 제게도 큰 도움이 되었습니다. 핵심은 용기입니다. 철학자는 고통을 외
면하는 법을 가르치지 않는다고 했습니다. 그렇게 공기 저항을 밀어내고
새가 날듯, 오늘 여기의 고통을 통과할 용기를 내봅니다.

신경 끄기의
기술

마크 맨슨

작가,
미국 최고의
인플루언서 중 하나

사는 건 어차피 고군분투입니다.
원하는 것을 이뤘더라도 고통과 문제는 계속되죠.
문제없는 삶이란 없으니까. 그래서 질문해야 해요.
나는 어떤 종류의 고통을 견딜 수 있나?
어떤 것이 내게 가치 있는 고통인가?
고통을 당연한 것으로 여기고, 뇌가 신경 끄도록
자동으로 만든 패턴이 좋은 습관이고 루틴입니다.
버림받을 거라는 착각도,
대단한 피드백이 올 거라는 상상도 옳지 않아요.
이미 세상에 내보내면 내 것이 아니에요.
알아서 자라고 퍼지고 성숙해져 돌아오길 기다려야죠.
결정권이 나한테 없을 때 최선은,
신경을 끄고 할 일을 하는 거예요.

_2023년 12월, 「김지수의 인터스텔라」 인터뷰 중에서

p.s. '당신이 어딜 가든 똥 덩어리가 기다리고 있을 거다…… 그중 기꺼이
받아들여야 할 똥 덩어리를 찾아서 신경을 쓰라'고 마크 맨슨은 글로벌 베
스트셀러 『신경 끄기의 기술』에서 열변을 토했습니다. 젊은 현자는 인터뷰
내내 웃으면서 삶은 대체로 엉망진창이지만 '그래도 상관없다는 마음'으로
좋은 고통을 선택하고 책임지며 살 것을 당부하더군요.

포기의
맛

장기하
2세대 인디 음악계를 이끈
대한민국의 뮤지션

고난이나 제약이
반드시 새로운 길로 데려다주진 않아요.
중요한 건 고난이 나를 완전히
나락으로 떨어뜨릴 거라는 보장은 없다는 거죠.
분명히 희망적인 미래로 보내주지도 않아요.
다만 망했다는 증거는 아닐 수 있다,
우연한 계기로 더 좋은 걸 찾게 될 수도 있다, 정도.
자기 의지로 산 것 같지만
흘러가고 흘러오는 게 아닌가 싶습니다.

_2020년 10월, 「김지수의 인터스텔라」 인터뷰 중에서

p.s. 장기하를 만났습니다. 단념하는 자아와 전념하는 자아를 한 몸에 지닌 효율적 모범생. 두각을 나타내기 위해 못하는 걸 하나씩 포기하고 나니 지금의 선명한 자기가 남았다고 했습니다. 인터뷰 이후 장기하는 '부럽지가 않아'라는 노래를 발표했습니다. 그가 프로듀싱한 노래 '밤양갱'도 큰 성공을 거뒀죠. 행복하고 싶어서 특이해지는 걸 선택했고, 특이해지기 위해 자신을 맹렬하게 관찰한 고효율 아티스트답습니다.

타인의 기대를
떨어뜨리라

오타 하지메
20년간 인정 욕구를
연구해 온
일본의 조직경영학자

인지된 기대와 자기효능감의 격차가 크면 부담감이 커져요.
평판에 비해 실력이 모자란데 도망칠 수도 없다면,
머리가 아득해지겠죠.
반대로 격차가 커도 그 상황이 자신에게
그리 중요하지 않다면 부담감은 적습니다.
'이것 말고도 소중한 게 많아', '도망쳐도 괜찮아'라고
생각하면 부담감이 줄어듭니다.
한 군데서 인정받으려고 올인하지 마세요.
정체성을 분산시켜 다원화하면
'이게 아니면 다음'이라는 대안이 생겨요.
본업 이외에 부업이나 취미를 갖기를 권합니다.

_2020년 10월, 「김지수의 인터스텔라」 인터뷰 중에서

p.s. 20년 동안 그가 인정 욕구를 연구하면서 알게 된 사실은, 놀랍게도
인간은 자아실현 욕구보다 인정 욕구가 더 강하다는 것이라고 합니다. 저
는 인정 강박이 매우 강한 사람으로 그의 인정 강박 공식을 접하고 '유레
카'를 외쳤습니다. (인지된 기대-자기효능감)×상황의 중요성=부담감의
크기. 제가 경험하기로, 가장 효과가 좋은 방법은 상황의 중요성을 낮추는
것이었습니다.

인생은 구력인가
한 방인가

이준익

〈왕의 남자〉, 〈사도〉
등을 제작한
대한민국의 영화 감독

인생은 구력도 한 방도 아닌 것 같습니다.

뭔가를 지속적으로 반복 행위를 하다 보면

자기도 모르는 어떤 지점에서 '저스트 매칭'이 되는 거죠.

수많은 '미스 매칭'의 운동성이 모여 엇박자가 반복되다가

정박으로 한 번 맞을 때가 있는 거예요.

영화 찍을 때마다 두렵습니다.

내 결정으로 부끄러운 결과를 반복할 때 그건 공포입니다.

무서움을 줄이기 위해 저는 배우와 스태프

각자의 욕망이 충돌하지 않게 교통정리를 합니다.

그들의 욕망의 신호체계를 끊임없이 파악해서

드나들게 하는 교통 경관이지요.

각자의 욕망이 서로 사이좋게 지나가도록.

_2015년 9월, 「김지수의 인터스텔라」 인터뷰 중에서

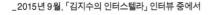

p.s. '어제로부터 도망쳐서 오늘에 있고, 오늘로부터 도망쳐 내일에 이른
다'던 이준익 감독. 이 영화 어른의 끝없는 자기 반성과 '운동력'을 좋아합
니다. 저는 천만의 신화를 썼던 컬러풀한 대작 〈왕의 남자〉나 〈사도〉보다는
흑백으로 담백하게 찍은 〈동주〉와 〈자산어보〉를 더 좋아합니다.

버티는
마음

박정민
대한민국의 배우,
작가이자 서점 주인

저는 늘 포기하고 싶어요.

어제도 포기하고 싶었고 오늘 아침에도 포기하고 싶었어요.

포기하지 않는 마음이 조금 더 강할 뿐이죠.

365일 중 65일은 그만둔다고

속으로 소리치면서도, 300일은 버텨요.

저는 아주아주 깊은 수렁에 빠져 있었어요.

그곳에서 많은 걸 봤어요.

수렁에 빠져보니 고민한다고 해결되지 않아요.

아등바등한다고 좋아지지 않죠.

원하는 방향으로 쉽게 갈 수도 없어요.

그러니 하고 싶은 대로 하고 살아도 됩니다…….

그렇다고 될 만한 일만 찾아다닐 수는 없죠.

요즘엔 선배들의 말을 생각해요.

"모든 선택의 기준은 오직 사람이다."

_2019년 11월, 「김지수의 인터스텔라」 인터뷰 중에서

p.s. 자기가 무엇을 하고 있는지, 어떤 상태인지 정확히 아는 인간, 자아의
해상도가 높은 인간을 만나는 일은 얼마나 상쾌한가요. 박정민이 그랬습
니다. 그는 영화 〈동주〉에서는 윤동주 옆 송몽규를, 〈하얼빈〉에서는 안중
근 옆 우덕순을 연기했습니다. 저는 그의 그런 선택이 참 좋습니다.

문제를
해결하려면

개리 포드
'포용성을 위한 남성 연대'
공동 창립자

문제 해결의 욕망을 일으켜야 합니다.

아무도 비난해서는 안 돼요.

수십 년 동안 성평등 문제에 접근해도 개선되지 않는 것은

남성들이 미처 '알아차리지 못했기' 때문이에요.

압박감을 느끼지 않도록 안전한 공간을 만들어줘야죠.

명령해서도 가르쳐서도 안 됩니다.

"이런 문제가 있으니, 아이디어를 내달라"라고 말하세요.

모든 사람은 문제 해결을 좋아합니다.

집단 지성으로 같이 풀면 되죠.

_2023년 12월, 「김지수의 인터스텔라」 인터뷰 중에서

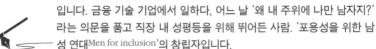

p.s. 미팅에서 발언권을 빼앗길 때, 상사나 동료에게 부적절한 언행을 당할 때 당신 편을 들어준 직장 동료를 둔 적이 있나요? 개리 포드가 그런 사람입니다. 금융 기술 기업에서 일하다, 어느 날 '왜 내 주위에 나만 남자지?'라는 의문을 품고 직장 내 성평등을 위해 뛰어든 사람. '포용성을 위한 남성 연대Men for inclusion'의 창립자입니다.

자문자답의
힘

옥주현
대한민국의 가수이자 배우,
공연계의 히로인

적성에 맞으면 오래 하고 싶고 오래 하려면 탐구하게 돼요.

계속한다는 건 그냥 숨 쉬듯이 놓지 않고 하는 거예요.

그래서 오래 한 사람이 보여주는 우주는 깊이가 달라요.

그 시간을 들였기 때문에 찾은 우주예요.

남한테 노하우를 묻기에 앞서,

자기가 뭘 하면 즐거운지를 집요하게 물어야 해요.

자기 즐거움을 찾아서 집중하면

예상치 못한 길이 자꾸 나타나요.

그렇게 지치지 않고 계속하는 것의 힘을, 저는 믿어요.

즐거워야 계속하고, 계속하려면 잘해야 해요.

그 과정을 이어주는 게 또 질문이죠.

어느 날 빛이 비칠 때,

결과물의 밑동에서 제가 발견한 것도

어마어마한 분량의 물음표였어요.

_2020년 3월, 「김지수의 인터스텔라」 인터뷰 중에서

p.s. 뮤지컬 무대에서 정확하고 우아하게 꽂히는 대사를 들으며, 옥주현이
안톤 체호프의 연극에 출연해도 좋겠다고 생각했습니다. "어떤 질문을 선
물처럼 받게 될지 기대돼요"로 시작되었던 인터뷰가 "성장하려면 자기에게
질문하세요"로 끝이 났습니다. 살아온 삶 자체가 스스로에 대한 질문과 답
의 연속이었다는 사랑스러운 완벽주의자. 두려움을 이기는 힘은 자문자답
으로 수련한 '자기 전문성'이라는 걸 옥주현을 통해 깨우칩니다.

줄기차게
패스해

이영표
'성실'의 대명사인
대한민국의 축구인,
2002년 월드컵 영웅

공을 갖고 있으면 모든 시선이 나에게 쏠려요.

공을 패스하면 관심도 넘어가요.

공을 독점하면 내가 승리하는 것 같지만 결국 다 죽더라고요.

축구는 결국 패스예요.

패스만 잘하면 골 넣을 확률이 높아요.

축구뿐 아니라 사회도 마찬가지예요.

작은 욕심으로 머뭇거리지 말고,

줄기차게 나한테 온 이익을, 기회를 나눠야 건강해져요.

우승컵을 가져가는 팀은

패스하고 헌신하는 선수들이 많은 팀이에요.

헌신하는 사람들이 없으면, 절대 못 이겨요.

골 넣는 사람은 한두 명으로 정해져 있어요.

그들은 자기 위치에서 결정적 기회를 기다리죠.

그런데 헌신의 역할은 마음만 먹으면 누구나 할 수 있어요.

_2019년 11월, 「김지수의 인터스텔라」 인터뷰 중에서

p.s. 보내고자 하는 지점에 정확하게 공을 차듯, 해야 할 말도 정확한 지점
에 풀어놓는 달변가 이영표. 축구는 그를 뛰게도 만들었지만, 생각하게도
만들었습니다. 저는 산책 중에 종종 한강을 달리는 이영표를 목격하는데,
그런 날은 건강한 기운을 받아 하루 종일 흐뭇합니다.

한 번 1등으로 끝나지 않아

사이먼 시넥
미국의 경영 사상가,
새로운 시대의 경영 구루

우리는 인생에서 다수의 무한게임에 참여하는
플레이어라는 사실을 기억하세요.
양육, 우정, 학습 같은 게임에서는 절대 승자가 될 수 없습니다.
이기면 즐겁고 지면 고통스러워하지요.
하지만 계속해서 게임을 이어 나갈 수 있습니다.
우리는 생명이라는 무한게임의 유한한 플레이어입니다.
우리가 떠난 뒤 자녀가 타인에 봉사하는 삶을 살도록
양육하는 것으로 우리는
다음 세대의 무한게임에 기여할 수 있습니다.
궁극적으로 베푸는 활동이 인생 게임에 득이 됩니다.

_2022년 9월, 「김지수의 인터스텔라」 인터뷰 중에서

p.s. 넷플릭스 드라마 〈오징어게임〉의 세트장처럼 시야가 좁은 유한게임 세상에서는 1등도 꼴등도 불안에 떱니다. 성과는 찰나에 불과하고, 플레이어가 탈진할 때까지 경기는 살벌하게 계속되기 때문이지요. 세계적인 경영 사상가 사이먼 시넥은 묻습니다. '당신은 무한게임 플레이어가 될 것인가, 유한게임 플레이어가 될 것인가.' 무한게임의 목표는 승리가 아니라 '플레이의 지속'입니다.

즐거운
핸디캡

사와다 도모히로
일본의 카피라이터,
『마이너리티 디자인』 저자

어느 날 휠체어를 사용하는 사람도

집에서는 기어다니며 생활한다는 것을 보게 됐어요.

그 순간 아이디어를 내서 애벌레 옷을 입고 기면서 하는

'애벌레 럭비'를 만들었죠.

경기해 보니 비장애인보다 하반신 마비자가

훨씬 빠르고 화려한 플레이를 보여줬어요.

중요한 건 다들 애벌레로 변신해서

맘껏 웃음과 땀에 흠뻑 젖었다는 거죠.

서로의 핸디캡과 실수에 한없이 너그러워졌어요.

누구나 자기만의 경주를 할 수 있어요.

주류 세계 승리의 룰을 바꾸면 스포츠는 즐거운 카오스가 됩니다.

상어만 살기 좋은 바다가 아니라

새우도 문어도 살 만하도록.

_2022년 5월, 「김지수의 인터스텔라」 인터뷰 중에서

p.s. 카피라이터인 사와다 도모히로는 운동 약자를 위한 역발상 유루스포
츠의 창시자입니다. 그와의 인터뷰를 통해 저는 큰 위로를 받았습니다. 약
점의 경이로운 신세계, 내가 편한 세상을 만들기 위해 일해도 괜찮다는 말
을 마음에 새겼습니다.

괜찮아, 경험

이길보라
소수자 차별에 맞서는
젊은 예술가,
다큐멘터리 감독

누군가 괜히 커 보여서 굴복해 본 적이 없어요.
'저건 너무 높아, 저 사람은 너무 가진 게 많아'
지레짐작하고 포기해 본 적도 없어요.
'어, 그래? 그럼 나도 한번 해보지 뭐.'
해보고 안 되면 할 수 없는 거고요.
제가 최근에 운전면허를 땄어요.
도로 연수 받기도 전에 엄마가 차 키를 넘겨주셨어요.
"보라가 운전을 잘할 거라 믿어!"
제 인생은 그런 순간의 연속이었어요. '괜찮아, 경험.'
저는 뭘 하든 지지를 받았어요.
단언컨대 최고의 선물이었어요.

_2020년 10월, 「김지수의 인터스텔라」 인터뷰 중에서

p.s. 이길보라 감독의 자전적 다큐멘터리 영화 〈반짝이는 박수 소리〉는 햇살 아래 반짝이는 두 손으로 시작합니다. 두 손을 반짝이는 모양이 박수 소리라는 것을 저는 처음 알았습니다. 이길보라는 농인 부부 사이에서 코다 CODA로 태어났습니다. 코다란 청각장애인 부모 밑에서 자란 비장애인 자녀들을 칭하지요. 고요한 농인의 길과 시끌벅적한 청인의 길을 오가며 이길보라는 가장 빛나는 자기만의 갓길을 찾았습니다. 오직 두 개의 사인에만 집중했다고 해요. '괜찮아, 경험' 그리고 '보라는 보라의 속도대로'.

될 놈인지
아닌지

알베르토 사보이아

구글 최초의
엔지니어링 디렉터,
혁신 전문가

구글의 일상적 표어가 있습니다.
'의견은 접어두고 데이터로 말하라.'
내 조언은 이렇습니다.
신중하게 테스트하고, 빠르게 행동하세요.
성공 가능성을 높이고 싶다면 의견이 아닌
실제 시장 데이터를 수집하세요.
당신이 사는 동네에서 예상 소비자에게
당신의 아이디어를 실행해 보세요.
반드시 확인하세요.
본격적으로 만들기 전에 '될 놈'을 만들고 있는지를.
시장이 원하는 건
'복잡하고 완성도 높고 독창적인' 제품이 아닙니다.
'될 놈'은 그저 그 시대를 사는 사람들의 몸에 맞고
쓰기 쉽고 가깝고 재미있는 것이죠.

_2020년 5월, 「김지수의 인터스텔라」 인터뷰 중에서

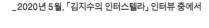

p.s. 알베르토 사보이아는 '생각랜드'에서 머물지 말고 일단 데이터를 모으
라고 조언합니다. 내가 오픈하려는 공간이, 내가 만들려는 이 제품이 '될
놈'인가? '안 될 놈'인가? 제품이 실제 세상에 존재하는 것처럼 살짝 속여
서 나만의 데이터를 얻는 페이크 테스트를 해보라고요.

완성은 없다,
손을 뗄 뿐

백현진

음악, 미술, 연기를 넘나드는
무경계 예술인

저는 완성도를 믿지 않아요.

수정과 개선과 발전을 믿지 않습니다.

제가 보는 인류 문명도 발전이 아니라 변화와 변경 정도예요.

작은 단위에서 개선이 있을지언정 역사도 변화를 겪을 뿐이죠.

그런 철학이 정착되니 작업할 때도

마감finishing이나 목표destination가 없어요.

아예 그 욕심을 안 내요.

누군들 자기 일을 성실하게 하고 싶지 않겠어요?

즐겁고 성실하게 자기 일을 보다가

정해진 시간에 손 떼면 끝이 나는 거죠.

마감이 좋아지고 수준이 높아졌다? 전, 모르겠어요.

즐겁게 변경시켜 나가면, 몸과 마음에 무리가 덜해요.

그런 상태가 반복되면 무리가 점점 덜해지겠죠.

전 그런 상태를 희망해요.

_2020년 1월, 「김지수의 인터스텔라」 인터뷰 중에서

p.s. 저는 백현진을 21세기의 신선이라고 부릅니다. 그는 인디 음악계의 아웃라이어이자 성실한 현대 미술가, 그리고 악역 전문 배우이기도 합니다. 그가 11년 만에 발표한 솔로 앨범을 듣고 깜짝 놀랐습니다. 끈 떨어진 연처럼 하염없고, 가운데가 뻥 뚫린 도넛처럼 비어 있으면서도 어딘가 모르게 쫀득한 노래라니!

공간이 존재값

유현준
건축으로 세상을
조망하고 사유하는
대한민국의 인문 건축가

차지하는 공간이 곧 존재값이에요.

국밥은 반찬을 깔 공간이 없어서 나온 음식이에요.

쪽방에 작은 상을 놓고 여럿이 모여서 먹어야 하는,

가난한 사람들의 간편식이죠.

반면 키우고 재배하는 데 넓은 공간을 많이 차지하는

스테이크나 와인은 권력형 음식이에요.

그 공간을 최고로 압축해서 하나의 플레이트로 담아내면서

가치가 올라가는 거죠.

예전엔 재력을 뽐내려고 외제차를 탔다면,

지금은 SNS에서 잦은 공간 이동을 보여줍니다.

점점 몸으로 기억하는 공간감,

피지컬 스페이스가 중요해져요.

_2020년 7월, 「김지수의 인터스텔라」 인터뷰 중에서

p.s. 레이스 커튼을 칠 수 있는 통유리 회의실이 있고, 테라스가 있는 건축
가 유현준의 사무실은 연결과 개방의 샘플처럼 보였습니다. 그는 1층 사무
실에서 커다란 테이블에 기대 통창 바깥의 풍경을 내다보고 있었습니다.
거리, 공간, 일하는 인간이 한 몸처럼 투명하게 붙어 있는 모습이 신기했습
니다.

네가
결정해

조수용
대한민국의 기업인이자
디자이너

"네가 결정해. 네가 했으니 괜찮을 거야."
신뢰받은 경험은 대단한 힘을 발휘해요.
선한 마음, 자기 신뢰, 잘하고 싶은 마음이 동시에 솟구치죠.
제가 인정하는 사람이 저를 믿어줄 때, 계산이 없어져요.
두려움은 사라지고 불필요하게 머리 쓰지 않고,
오직 맞는 것만 생각해요.
그래서 저는 젊은이들에게도
일을 시작할 때 너무 재지 말고 일단 해보라고 해요.
젊을 때 힘을 못 쓰면 영원히 못 써요.
한 번이라도 힘을 썼던 경험이 있으면
또 꿈을 꿀 수 있어요.

_2019년 10월, 「김지수의 인터스텔라」 인터뷰 중에서

p.s. 조수용을 두 번 만났습니다. 〈B 매거진〉 발행인일 때 그리고 카카오
대표였을 때. 늘 한결같이 사물과 생각의 에센스를 찾아 간결하게 중심을
세우고 있더군요. 가난했던 어린 시절 엄마가 1년에 한 번 옷을 사주면서
직접 고르라고 했고, 그때의 결정권과 감식안이 조수용에게 일하는 감각
이 되었다고 했습니다.

허송세월이 쌓여

이적

대한민국의 싱어송라이터, 음유 시인

뭔가를 쫓아가지도 않았고
그렇다고 골방으로 들어가지도 않았어요.
내 길을 뚜벅뚜벅 걸어온 셈이에요.
내 페이스대로 가는 게 말처럼 쉽지는 않았어요.
대중의 취향을 고려 안 하면 가수라고 할 수 있나?
반면 오락가락하면 그게 또 무슨 아티스트인가?
나름 팔랑귀라 그 중간에서 열심히 줄타기를 해야 했어요.
남의 평가와 내 평가 사이에서 갈등할 때는
'나만의 룰'을 따랐어요. 정신 승리가 따로 있는 게 아니에요.
자기만의 페이스로, 자기만의 플레이를 하는 거죠.
매 순간 '이건 아니잖아'라고 한숨 쉬며 자폭할 때가 훨씬 많아요.
'와! 좋은데' 하고 자백하는 순간은 아주 가끔 와요.
다행이죠. 허송세월이 시간 낭비가 아닌 게,
그 시간이 쌓여 한 번씩 좋은 게 나온다는 게.

_2019년 2월, 「김지수의 인터스텔라」 인터뷰 중에서

p.s. 이적은 진심을 담은 노래는 언젠가는 대중에게 연어처럼 돌아온다고
했습니다. 변화무쌍한 음악계에서 롱런할 수 있었던 건 '자기만의 페이스
대로 자기만의 플레이를 했기 때문'이라고 풀피리 불듯 말했지요. 이적이
딸을 위해 낸 그림책 제목도 『기다릴게 기다려줘』입니다.

행복의
가성비

리처드 이스털린

'부와 행복의 역설'을 창시한
미국의 경제학 석학,
행복경제학자

모두가 소득에 올인하면
아무도 예전보다 더 행복해지지 않지만,
모두가 건강에 힘쓰면 다 함께 더 행복해져요.
건강의 준거 기준은 타인이 아니라
과거의 자신(좋았거나 나빴던 시절)입니다.
지금도 늦지 않았어요.
부자가 되려고 노력하는 시간을 줄이고,
가정생활과 건강에 더 많은 시간을 투자하세요.
진심으로 '행복의 가성비'를 생각한다면,
돈 버는 데는 관심을 덜 가지는 게 좋습니다.

_2022년 5월, 「김지수의 인터스텔라」 인터뷰 중에서

공이 오면
공을 친다

이승엽
대한민국의 야구인,
2000년대를 대표하는
홈런 타자

아무 생각 없이 타석에 들어서면 쉬워요.

이 투수가 나에게 어떤 공을 던질까.

공만 보고 공을 치면 되는 거죠.

그런데 투수와 머리싸움을 하고 볼카운트를 신경 쓰고,

스코어와 주자를 생각하다 보면 스스로 늪에 빠집니다.

나 자신과의 싸움인 거죠.

거두절미하고 '직구가 오면 이렇게,

변화구가 오면 이렇게'만 생각하면 됩니다.

'왜 내가 이런 불행에 처했나' 자책하면 미궁에만 빠져요.

단순하게 '공이 오면 공을 친다'

그거에만 집중하면 훨씬 수월해요.

제가 자주 하는 말이 '준비는 힘들게, 승부는 편하게'예요.

_2018년 4월, 「김지수의 인터스텔라」 인터뷰 중에서

p.s. '나쁠 때도 좋을 때도 당신은 4번 타자.' 한때 그가 몸 담았던 일본 야구팀의 동료들이 이승엽을 표현하는 말입니다. 어떤 상황에서나 몸값을 해야 한다는 선명한 프로 의식을 지닌 이승엽. 압박감이 몰려올 땐 가족을 위해서, 팀을 위해서, 팬을 위해서, 나를 위해서 '저 공을 치자'라고 생각한다는군요.

'포기할까? 계속할까?'
인생의 기로에 섰던 결정적 순간들을 떠올려보세요.
고민이 될 때 당신의 기준은 무엇입니까?

4장

흐르는 삶으로 인도하는 안식의 말

안간힘 쓰지 않아도
모든 삶은 흐른다

이 질문은 저의 오랜 화두였습니다.

'인생은 오르는 것인가? 아니면 흐르는 것인가?'

파스칼 브뤼크네르는 인생을 등반에 빗댄 '산의 철학자'이고 로랑스 드빌레르는 인생을 항해에 빗댄 '바다의 철학자'입니다. 동시대 가장 농밀한 문장을 쓰는 두 명의 프랑스 철학자를 저는 인터뷰로 교감할 수 있었어요.

『인생의 비탈에서 흔들리지 않도록』을 쓴 파스칼 브뤼크네르와 대화를 나눌 때는 저 자신이 절벽을 뛰어오르는 산양 혹은 눈밭을 미끄러져 내려가는 스키어Skier가 된 듯 삶의 활력 속으로 빠져들었습니다.

『모든 삶은 흐른다』를 쓴 로랑스 드빌레르와 편지를 나눌 때는 망망대해를 향해 돛을 달고 거침없이 나아가게 되더군요. 바다의 가이드는 밤의 등대지기처럼 위엄 있고 부드러웠고, 산의 가이드는 히말라야의 셰르파처럼 신중하고 대담했습니다.

산의 시간과 물의 시간. 산의 시야와 물의 시야는 인생 '플레이어'인 우리에게 전혀 다른 종류의 자세를 요구합니다. 알다시피 산은 수직과 중력Gravity의 시간입니다. 50세가 될 때까지 저는 올라가거나 내려왔고, 다시 밑으로 떨어지지 않으려고 안간힘을 쓰며 '그립Grip'과 '그릿Grit'의 자세를 취했습니다. 산의 시야로 사는 동안 저는 '갈망'이라는 연료를 태워 에너지를 쓰고, 일정량의 거리를 이동했습니다(성장조차 일종의 위치 이동이 아니던가요).

오십 대에 이르니 자연스럽게 '물의 시간'에 가까워지더군요. '내 힘으로 되는 게 없구나'를 깨달을 때마다, 온몸에 힘이 빠졌습니다.

"수영의 자세는 자아의 무게를 덜어주죠."

로랑스 드빌레르가 보낸 편지를 읽으며 저는 웃으며 몸을 폈습니다. 흐름의 세계에서는 오직 힘을 빼고 시간의 보살핌에 몸을 맡길 뿐이죠. 부디 잘 흘러가도록, 고자세에서 저자세로 몸을 바꾸면서요.

늘 그렇듯 문장은 우리를 어딘가로 데려갑니다. 이번 장에서는 '오르는 삶'에서 '흐르는 삶'으로 이동해 볼까 합니다. 흐르는 삶에 동행할 언어는 안식입니다. 저에게 안식이라는 말과 동의어로 떠오르는 분은 시인 나태주 선생과 패션 디자이너 노라노 같은 분들입니다. 나태주 선생과는 초봄에서 초여름까지 꽃 같은 시절을 함께하며 '행복 수업'을 들었습니다. 공주의 풀꽃문학관을 찾아 나태주 선생과 밥을 먹고 시를 들으며, 깊은 안식을 취했지요. 그해 봄, 풀꽃문학관 정원에서 사시나무 떨듯 드드드드 떨고 있는 봄맞이꽃을 앞에 두고 키 작은 정원사가 했던 말이 가슴에 남아 있습니다.

"산다는 건 말이지요. 매우 비참한 가운데 명랑한 거예요. 그러니 너무 잘하려고 애쓰지 말아요. 그냥 살아도 괜찮습니다."

힘이 들 때마다 나태주 선생의 '그냥 살아도 괜찮다'는 말을 읊조려 보곤 했습니다. 악을 쓰고 살지 않아도 될까요, 라는 질문에 "너무 잘 먹고 잘살려고 하지도 말고, 너무 겁먹고 도망가듯 살지도 말라" 더군요.

지천에 꽃이 피고 신록이 무르익을 때까지, 나태주 선생과 자동차를 타고 윤슬이 출렁이는 강을 따라 여기저기 헤매고 돌아다녔습니다. 흐르는 물에는 힘도 없고 주인도 없어서 평안했습니다. 마침내 여행 끄트머리에 나태주 선생이 보내온 기나긴 편지의 제목은 '흘러서 바다에 닿거라'였습니다.

유년기부터 저는 나아갈 곳도 돌아갈 곳도 마뜩치 않은 신세를 한탄하며 '정처 없음의 시간'을 못 견뎌 했는데, 이제는 그 정처 없음에서도 안식을 느낍니다. 어쩌면 진정한 안식은 내가 지구 생태계의 일원이라는 순환적 사고에서 생기는 것 같습니다. 나 중심주의의 시간에서 벗어나 더 넓은 시간의 맥락으로 나를 던져보면, 결국 시간은 공평하다는 걸 알게 되지요.

90세가 넘을 때까지 현역으로 일했던 디자이너 노라노 선생도 그랬습니다. 인간은 더도 말도 덜도 말고 딱 자기 생긴 모양만큼 살게 된다고요. 가진 것 이상 애쓰면 스트레스만 받지 잘되지도 않고, 그렇다고 더 밑으로 떨어지지도 않는다고요.

모든 삶은 흐릅니다. 흐르는 네트워크 속에서 힘을 확인하기 위해 급발진하지 말고, 오늘 하루도 힘 빼고 흐르듯 살아봅시다. 이어지는 안식의 말이 그 힘 빼기를 도와드릴 겁니다.

이토록
작구나

김기석
우리 시대의 목회자이자
기독교 사상가

밤하늘의 총총한 별을 바라보고 무한을 생각하는 사람은
'인간이 무엇이관데'라는 소리가 절로 나올 수밖에 없어요.
광대무변한 세계에
내가 없을 수도 있는 존재인데, 내가 세상에 있잖아요.
인간은 자기를 돌이켜 생각하는 존재입니다.
'이 광막한 우주에 나는 왜 있는가.'
질문에 답은 없어도 느낄 수는 있어요.
이 광대한 세계가 나로 하여금 느끼게 해요.
'나는 이토록 작구나.' 이렇게 작은 내가
저렇게 큰 세계를 사유할 수 있으니 얼마나 놀라워요.

_2024년 7월, 「김지수의 인터스텔라」 인터뷰 중에서

허들의
칵테일

플뢰르 펠르랭
해외 입양된
한국계 프랑스인,
프랑스 전 문화부 장관

제 내면은 다양한 허들의 칵테일입니다.
부정의 끝으로 갔으면 경계성인격장애 상태가 됐을 거예요.
하지만 저는 이런 복잡성을 저의 장점으로 받아들였어요.
나라 간의 이동, 인종 간의 이동, 계층 간의 이동……
평범한 가정에서 태어났으면 몰랐을 일들이지요.
사회적 배경을 기준으로
자기 인생을 제한하지 않기를 바랍니다.
당신은 당신이 되고 싶은 사람이 되어야 합니다!
특별한 비법은 없습니다.
다만 여러분을 믿어주는 사람이
주위에 분명히 있을 거예요.
그 인연의 끈을 붙잡고 성취하고 싶은 것을 해야 합니다.
기성 사회가 주입한 신념에 순종하지 말고,
능동적으로 삶 그 자체에 뛰어드세요.

_2022년 11월, 「김지수의 인터스텔라」 인터뷰 중에서

p.s. 플뢰르 펠르랭의 자전적 에세이 『이기거나 혹은 즐기거나』는 '버려질
지도 모른다'는 내적 불안, 주류 공동체에 진입하고도 '자격이 없다'는 자괴
감에 시달리는 세상의 모든 '마이너리티'를 보듬는 책입니다.

야금야금 즐겁게

이근후
90대의 정신과 전문의,
이화여대 명예교수

잊으려고 애쓸수록 과거는, 미래는, 괴물처럼 커져요.

방법은 그럼에도 불구하고 재밌는 일을 찾는 거예요.

원한을, 걱정을 잠시라도 잊을 수 있는

즐거운 일을 찾아서 야금야금 해야죠.

상한 마음이 올라올 틈이 없도록.

불안을 끊어낼 순 없지만 희석할 순 있거든요.

그렇게 작은 재미를 오래 지속하면

콘크리트 같은 재미가 돼요.

매일 아침 눈뜨면 눈떴으니 행복하다 생각해요.

이왕 눈떴으니 재밌게 살아야지.

오늘도 눈떠서 인터뷰할 생각을 하니 좋아요.

기사가 나오면 그걸 보고 나누며 또 며칠이 즐겁겠지.

그렇게 하루하루 불안을 달래가요.

소소한 즐거움의 끈을 되도록 길게 만드는 거지.

_2019년 8월, 「김지수의 인터스텔라」 인터뷰 중에서

p.s. 인터뷰 당시 이근후 선생은 황반변성으로 시력을 거의 잃은 상태였습니다. 50년간 15만 명을 돌본 정신과 의사는 말합니다. "살아보니 인생은 필연보다 우연에 좌우되었고 세상은 생각보다 불합리하고 우스꽝스러운 곳이었다"라고. 그래서 "산다는 것은 슬픈 일이지만, 사소한 즐거움을 잃지 않는 한 인생은 무너지지 않는다"라고요. 참으로 든든한 말 아닌가요.

낙인 없는
세상에서

나종호

마음의 안부를 묻는 의사,
예일대학교 정신의학과 교수

책 한 권을 읽으려고 해도 감정의 준비가 필요해요.

공감하기 위한 노력이 필요하죠.

공감에는 전제 조건이 있어요.

첫째, 타인의 눈으로 바라보는 건 가치가 있다.

둘째, 나와 다른 사람에게도 배울 점이 있다.

셋째, 스위치를 잠깐 끄고 오롯이 집중한다.

그중 가장 중요한 건 이해하고 싶은 의지죠.

환자에게 "담배 피우지 마세요! 술 끊으세요!"

백날 말해도 안 들어요.

"당신이 넘어질까 봐 걱정돼서 그래요.

안전이 신경 쓰여서 그래요."

그 순간 마음이 움직여요.

_2022년 7월, 「김지수의 인터스텔라」 인터뷰 중에서

p.s. 나종호가 쓴 『뉴욕 정신과 의사의 사람 도서관』은 한 정신과 의사의
해맑은 확대경으로 뉴욕이라는 대도시의 그늘을 비춘 기록입니다. 자살
충동으로 정신과 응급실을 찾은 노숙자, 자폐아, 싱글맘, 이민자들……. 각
자의 곤경으로 그늘진 사람들에게 나종호는 경청의 체온을 더합니다. 제
가 이 인터뷰를 통해 얻은 지혜는, '믿음은 듣는 것'이라는 사실입니다.

다 별거
없어요

나태주
대한민국의 시인

세상이 번쩍거려 보여도 다 별거 없어요.

만족 못 하고 비교하면 너도 나도 별수 없어요.

너무 잘하는 거 잘되는 거 찾아 헤매지 마세요.

좋아하는 거 있으면, 그거 하세요.

보여주려는 마음이 앞서면 자존심 상하고 상처만 입어요.

좋아하는 거 하면, 하다가 그만둬도 상처 안 받아요.

자존감이 남습니다.

_2022년 8월, 「김지수의 인터스텔라」 인터뷰 중에서

농담으로 견디고

송은이
대한민국의 희극인,
콘텐츠 제작자

아빠 돌아가셨을 때가 생각나네요.
너무 슬픈데, 동시에 또 너무 웃겼어요.
후배들이 너무 귀여운 얼굴로 엄숙한 표정을 짓는 것도,
급하게 달려오느라 컬러 양말 신고 온 것도,
세상 무너질 것처럼 울다가
허겁지겁 국밥 먹으며 떠드는 것도,
그 와중에 너무 웃겼어요.
비극의 틈새로 희극이 삐죽 들어오면, 또 견딜 만해요.
죽기 전까지 농담하면서 견딘다잖아요.
찰리 채플린이 그랬다면서요?
인생은 가까이서 보면 비극 멀리서 보면 희극이라고.
저는 이제 그 말이 완전히 이해가 됩니다.
자기가 어떤 상황극 속에 있다고 생각하고 떨어져서 보면,
좀 힘을 빼고 웃게 되더라고요.

_2022년 8월, 「김지수의 인터스텔라」 인터뷰 중에서

 p.s. 시간이 지날수록 인생이 옳고 그름으로 짠 '시시비비'가 아니라 슬픔
과 웃음으로 이어진 '희희비비'의 날들임을 일깨워 주는 송은이. 성실하게
웃음의 공간을 창조해 내는 멋쟁이 희극인 CEO에게 많이 배웠습니다.

긴요한
기술

가마타 미노루

일본 도쿄의대
노년내과 의사

힘든 일이 있을 때뿐만 아니라
평범한 일상에서도 하기 싫은 일이 반복될 때,
가족과 함께 맛있는 것을 먹으러 가면
조금 안도하고 조금 웃고 즐겁게 그 시간을 보냅니다.
웃음과 운동, 단백질 보충 같은 것이
살아가는 데 꽤 긴요한 기술입니다.

_2024년 1월, 「김지수의 인터스텔라」 인터뷰 중에서

p.s. 50년간 환자의 뱃속을 들여다본 75세 노의사의 조언은 한마디 한마
디가 귀합니다. 콜레스테롤 수치는 잊고 달걀을 먹으라거나, 심지어 좋은
사람이 되려고 애쓰는 대신 햇볕을 쬐고 자연을 가까이하면 호르몬 분비
가 늘어나 '좋은 사람이 되어 있을 것'이라는 '유물론적' 조언은 당장 실천
하고 싶을 만큼 유혹적입니다.

외로운
사람들

노리나 허츠
세계적인 정치경제학자,
유니버시티칼리지 런던
세계번영연구소 명예교수

외로움에 빠지지 않기 위해 자발적으로 애쓰고 있어요.

매주 즉흥 연기 모임에 참가했고, 지금은 줌으로 모입니다.

정기적으로 마을 서점과 식료품점을 이용하고,

우편배달원이나 마을 카페 바리스타와도

20초 이상 안부 대화를 나눠요.

이러한 미세 상호작용은 '우리'를 일깨우는 중요한 안전신호죠.

자신이 아는 사람 중에

누가 가장 외로울까를 생각해 보고,

의식적으로 손을 내미십시오.

전화기를 집어 들고 문자를 보내고 직접 만나세요.

먹방에 올인하기보다, 먹을 것을 직접 나누세요.

마음을 쓰고 있다는 것만 보여줘도

삶에는 큰 변화가 일어납니다.

_2021년 12월, 「김지수의 인터스텔라」 인터뷰 중에서

p.s. 『고립의 시대』를 쓴 노리나 허츠 박사와의 인터뷰에서 가장 놀란 건 청년들이 가장 외롭고, 그로 인해 돈을 주고 친구를 사는 '우정 시장' 등 외로움 경제가 폭발할 거라는 전망이었습니다. 지속적 고립은 매일 담배를 15개비 피우는 것과 같은 악영향을 미친다는 연구 결과에도 흠칫했지요. 먹방에 올인하기보다 직접 먹을 것을 나누라는 말을 듣고, 저는 언제부터 인가 소박하지만 파김치나 사과 같은 음식을 이웃과 나누기 시작했습니다.

습관의 청구서

마크 하이먼
미국의 장수의학자,
기능의학 분야 세계 권위자

변화를 일으키기에는 너무 늦었다고 생각하겠지만,

다행히도 그렇지 않아요.

식습관과 생활 방식을 조금만 바꿔도 큰 효과를 볼 수 있어요.

건강과 장수의 90%는 유전이 아닌 생활 방식에서 비롯됩니다.

노화는 나쁜 습관의 청구서입니다.

오래 살아야 하는 이유는 사랑과 봉사를 위해서입니다.

죽기 전에 나 자신, 친구들, 가족, 일을 사랑으로 대하고

세상을 조금이라도 더 나은 곳으로 만들기 위해서죠.

달빛 아래 춤을 추고 자전거로 세상을 누비고

새 언어를 배우고 더 많이 웃고 울고 놀기 위해서예요.

설탕과 녹말을 끊고 잘 자고 운동하고 관계를 튼튼히 하면,

아프지 않고 늙을 수 있어요.

단언컨대 나이 듦은 더욱 매력적인 일이 될 겁니다.

_2024년 8월, 「김지수의 인터스텔라」 인터뷰 중에서

p.s. 마크 하이먼은 기능의학 분야의 세계적인 권위자입니다. 인터뷰 후 그의 권유대로 설탕과 녹말을 줄이고, 좋은 기름을 섭취했습니다. 결과는 3주 만에 나쁜 콜레스테롤 수치가 30이나 떨어졌습니다. 간단한 습관 몇 가지만 바꿔도 인간의 수명은 최소 10년 혹은 20년 늘어난다고 해요. 70세에 지중해 식단과 걷기를 시작해도 조기 사망 위험률이 65% 감소하다니, 밑져야 본전 아니겠어요?

다정이
이긴다

켈리 하딩

미국의 학자,
컬럼비아의과대학
정신의학과 교수

건강을 위해서는 세 명 정도의
가까운 친구가 있는 게 가장 좋습니다.
그러나 나를 지켜줄 단 한 명의 친구만 있어도 도움이 됩니다.
동네에서 인사하고 지내는 이웃만 있어도 괜찮습니다.
모든 생명체는 잘살기 위해
주변 환경을 탐색할 수 있어야 하는데,
인간에게는 그게 바로 사는 동네지요.
먼저 인사하고 미소 짓는 미세 친절에는 위대한 힘이 있어요.
"오늘 하루는 어땠나요?"
안부를 묻는 것만으로 흐름이 좋아지고
문제 해결의 열쇠가 생깁니다.

_2022년 2월, 「김지수의 인터스텔라」 인터뷰 중에서

p.s. 『다정함의 과학』이라는 책으로 다정함이 가진 의료적인 효과를 검증
한 켈리 하딩 교수와의 인터뷰를 통해 저는 더 다정해졌습니다. 하교 후 돌
아오는 아이를 꼭 안고 빙글빙글 돌려주며 묻지요. "오늘 하루는 어땠니?"

우리는 봄을
믿어야 해요

최대환
대한민국의 철학하는 신부

한나 아렌트는 인간은 우연과 필멸의 한계 속에서도
새로 시작할 수 있는 능력이 있다고 썼어요.
'탄생성'은 시작의 능력이에요. 그게 가능한 건
우리에게 용서의 능력과 약속의 능력이 있기 때문입니다.
쉽지는 않아요.
나쁜 짓을 한 사람을 용서하는 게 저도 힘듭니다.
하지만 그를 사랑해서가 아니라
내가 살기 위해서라도 용서를 선택해야죠.
평범하게 들리겠지만 우리는 봄을 믿어야 해요.
나치 치하에서도 살아남은 유대인 시인
힐데 도민 여사를 만난 일이 있어요.
100세 가까운 나이에도 총명한 목소리로 그러시더군요.
"장미꽃을 가꾸듯 희망을 지키라"라고.
희망을 지키는 사람은
자기 안에 조용히 기적을 간직한 사람이라고요.

_2019년 1월, 「김지수의 인터스텔라」 인터뷰 중에서

p.s. 독일의 뮌헨예수회 철학대학에서 8년간 철학을 공부한 최대환 신부.
저서 『당신이 내게 말하려 했던 것들』을 읽고 그를 인터뷰했습니다. 은하
수처럼 펼쳐지는 인문과 예술, 사유의 광대함에 놀랐는데, 이야기를 나눠
보고 더 감동했지요. 듣는 이의 호의가 진의를 완성한다는 말은 제 인터뷰
철학이 되었고요.

현명한
아등바등

박칼린
한국계 미국인
뮤지컬 음악감독,
공연 연출가이자 배우

어차피 무로 돌아갈 테지만,

살아서 존재하는 것의 형태는 '아등바등'이에요.

부자든 빈자든 다르지 않죠.

사는 것이 싸움, 투쟁의 연속이라면

그 싸움을 현명하게 해야 합니다. 불평하지 말고 싸우세요.

인생을 사는 반응은 두 가지예요.

불평하며 견디든지, 대안을 제시해서 앞으로 가든지.

생명체는 머물러 있을 수 없어요. 끝없이 변화하죠.

고여 있는 사람, 멈춰 있던 세계도 결국은

질병이나 테러 등으로 병리적으로 폭발합니다.

그런 자연의 이치를 안다면,

자극에 주도적으로 반응하는 게 현명한 겁니다.

_2016년 8월, 「김지수의 인터스텔라」 인터뷰 중에서

p.s. 이름값만으로 대한민국 공연계를 좌지우지할 정도의 카리스마 넘치
는 지휘자 박칼린은 어머니의 나라(리투아니아계 미국인)에서 첼로를, 아
버지의 나라(한국)에서는 판소리를 익힌 다원주의적 인물입니다. 부모에
게 퀄리티 있게 삶을 즐기는 법을 배웠고, 덕분에 지금도 김칫독에서 가장
싱싱하고 맛있는 포기부터 먼저 꺼내 먹는 사람이 되었다고요. 거대한 우
주 안에서 매일매일 패닉에 빠지지만, 그렇게 '아등바등' 하나씩 문제를 풀
고 전진하는 자신은 '행복하다'고 합니다. 자기만의 방향 감각을 찾겠다는
이유로 여전히 차량에 내비게이션을 달지 않은 그녀를 동료들은 '새'라고
부릅니다.

쪽팔림도
리듬 있게

리아킴
세계적인 댄서,
원밀리언댄스스튜디오
창립자

성공은 높이가 아니라 넓이였어요.

성공의 개념이 넓이가 되면 1등 하겠다는 욕심이 없어져요.

경험해 보니 이기고 싶은 순간, 지는 것 같아요.

이기고 싶은 마음이 없는 여유 있는 사람과의 대결에서,

저는 늘 마음으로 먼저 졌어요.

이기겠다는 마음을 버리고 나서야 알았어요.

함께 추면서 느끼는 행복의 크기가 더 크다는 걸.

이젠 누가 저더러 "너, 이거 이상해"

지적해도 기분이 안 나빠요.

내 부족이 드러날 때 되게 덤덤해져요.

남과 비교를 안 하니까 자존감이 떨어질 일도 없어요.

돌아보면 제 인생은 쪽팔림의 연속이었어요.

그런데 그 쪽팔림이 다리가 돼서,

쪽팔림을 극복하면서 여기까지 왔어요.

계속 춤추면서요.

_2019년 7월, 「김지수의 인터스텔라」 인터뷰 중에서

p.s. 리아킴은 전 세계에 춤바람을 일으킨 유튜브 시대의 슈퍼 스타입니다. 그런 그녀가 자기 인생은 쪽팔림의 연속이었다고 합니다. 그 쪽팔림이 다리가 돼서, 쪽팔림을 극복하면서 여기까지 왔다고요. 이미 레전드임에도 〈스트리트우먼 파이터〉에 나와 배틀을 하는 리아킴을 보면서, 또 한번 박수를 보냈습니다.

쉬운
천국

리처드 이스털린
'부와 행복의 역설'을 창시한
미국의 경제학 석학

랠프 월도 에머슨이 그랬어요.
"욕구는 자라나는 거인과 같아서 그가 입은 외투가
자신을 덮을 만큼 컸던 적은 한 번도 없었다"라고.
가지고 있는 것이 많을수록,
그리고 가지고 싶은 것이 적을수록 행복의 수준은 높아집니다.
주변을 따라가지 말고 내가 정말 원하는 것을 쟁취하고
불필요한 빚을 만들지 않으면, 행복감이 올라가요.
언젠가 저도 축구 코치의 집에 놀러 가서는
저택의 웅장함에 놀라 돌아오는 길에 의기소침해졌어요.
하지만 곧 깨달았죠.
축구 코치의 집이 아니라
좋아하는 축구에 집중해야 한다는 것을.

_2022년 5월, 「김지수의 인터스텔라」 인터뷰 중에서

p.s. 30년간 '행복가성비'를 추적한 행복통계학자 리처드 이스털린을 인터
뷰하고 배운 결론은, 우리가 다 알고 있는 그것입니다. "소득은 행복과 비례
하지 않는다. 소득이 늘어도 더 행복해지지 않는 이유는 '사회적 비교' 때
문이다."

탁월함으로
한 발자국

도리스 메르틴
독일의 학자,
『아비투스』 저자

단기적인 '뛰어남'은 반딧불이처럼 반짝할 뿐
지속가능하지 않아요.
반면 탁월함은 시간이 지날수록 더 빛이 납니다.
매일매일 자신의 한계를 넘어서려는 사람은
삶 자체가 작품이 됩니다.
어제의 나를 넘어섰다는 것은 내가 가장 잘 알 거예요.
설사 높은 연봉, 지위, 유명세 같은 큰 성공이
외적으로 드러나지 않더라도
탁월함은 삶을 변화시켜요.
한 발 더 나가기로 결정할 때,
당신은 이미 이전과는 다른 사람이 되어 있을 테니까요.

_2022년 4월, 「김지수의 인터스텔라」 인터뷰 중에서

인간은
희망의 존재

이어령
대한민국의 대표 지성,
초대 문화부 장관

역사적으로 병든 정부, 감옥 같은 국가를
인간은 다 바꿔서 썼어요.
선거를 통해서도 바깥으로 나가는 걸 통해서도,
우리는 환경을 바꿀 수 있어요.
인간이 얼마나 위대한 희망의 존재인지 보세요.
영화 〈미나리〉를 보면 힘없는 할머니가
아칸소 초원의 바퀴 달린 집에서 가족을 구원하잖아.
아무리 망가지고 변두리로 가장자리로 밀려나도,
한국인은 점점 더 최고의 인간이 되어갔어요. 신기하죠.

_2022년 1월, 「김지수의 인터스텔라」 인터뷰 중에서

딱 자기
생긴 모양만큼

노라노
대한민국 최초의
패션 디자이너

행복하려면 크게 출세할 생각 말고 웬만큼 사세요.

부러워하지 말고 자기 몫만 찾아서 살라고.

살다 보면 알게 돼.

인간은 더도 덜도 말고

딱 자기 생긴 모양만큼 살게 된다는 걸 말이지요.

자기가 가진 것 이상을 하려 들면

스트레스만 받지 더 잘되지도 않아.

그렇다고 더 밑으로 떨어지지도 않죠.

90년 동안 하늘에서 많이 봐주셨어요.

그런데 쉽게는 안 봐주셨지.

기진맥진해서 쓰러지기 직전에 딱 길을 열어주시더라고.

_2017년 11월, 「김지수의 인터스텔라」 인터뷰 중에서

인생은 갬블
동시에 블레싱

정경화
'현의 마녀'로 불리는
대한민국의 바이올리니스트

나의 스승 갈라미언은

하루 열네 시간씩 지독하게 나를 연습시켰어요.

그분 말씀이 "못 견딜 정도로 힘들 때가

제일 잘될 때다"였죠.

내 어머니도 늘 말씀하셨죠.

"화가 복이 되니 힘들 때는 공부하라"라고.

제 꿈이 이뤄지기 위해

그런 시련의 시간이 필요했던 거죠.

삶에서도 음악에서도 인내의 시간이 꼭 필요합니다.

'인생은 갬블이다. 동시에 믿는 사람에겐 블레싱이다.'

운이 좋아야 하겠지만,

할 노력을 다하면 보이지 않던 길이 뚫려요.

나는 음악도 오감이 아니라 그런 육감으로 해요.

하이 레벨로 올라갈수록 완전히 육감이죠.

_2017년 6월, 「김지수의 인터스텔라」 인터뷰 중에서

p.s. 정경화의 현이 허공에 한 줄 선을 그을 때마다 공기의 텍스처는 다양
하게 소리의 실핏줄을 만들어냅니다. 저는 이 인터뷰를 정경화가 연주하는
바흐의 '샤콘느'를 들으며 썼죠. 여러분께도 권합니다.

부서진 자리에서
더 강해진다

라이언 홀리데이
시대를 대표하는
미국의 사상가,
에고 전문가

속지 마십시오.
바닥을 친다는 것은 대단한 일입니다.
미식축구계의 명감독이었던 빈스 롬바르디는
'일단 무릎을 꿇어봐야 다시 일어설 수 있다'고 했습니다.
소설가 헤밍웨이도
젊은 시절에 바닥까지 추락한 뒤에 얻은 깨달음을
소설 『무기여 잘 있거라』에 남겼죠.
"세상은 모든 사람을 깨부수지만
많은 사람들은 그렇게 부서졌던
바로 그 자리에서 한층 더 강해진다.
그러나 그렇게 깨지지 않았던 사람들은 죽고 만다."

_2017년 6월, 「김지수의 인터스텔라」 인터뷰 중에서

걱정하고 웃고
걱정하고 웃고

요시타케 신스케
전 세계 어린이와
어른을 웃게 만든
일본의 그림책 작가

저는 그림책 작가가 되고 싶지도 않았고
될 수 있다고 생각해 본 적도 없습니다.
심심한 나를 웃겼더니,
우연히 독자가 생기고 작가가 되었어요.
확실히 운이죠.
그런데 운은 우리가 어쩔 도리가 없어요.
그러니 재미있는 일을 하는 게 다죠.
나를 즐겁게 하지 않으면서
타인을 행복하게 만드는 건 불가능해요.
인생은 복잡하지 않아요.
걱정하고 웃고, 걱정하고 웃고, 그런 일의 연속이죠.
그러니 용기를 내세요.

_2020년 9월, 「김지수의 인터스텔라」 인터뷰 중에서

p.s. 요시타케 신스케의 책 『있으려나 서점』을 보면 책동네 사람들이 아
련한 눈빛으로 복화술을 주고받습니다. '미안해요. 베스트셀러를 터뜨리
지 못해서.' '아직은 모르지. 우연히 운 좋게 베스트셀러가 될지도.' 문득 도
서관에 반납된 책들에게 던진 요시타케 신스케의 애틋한 질문도 떠오르
네요. "어떤 사람이었어? 소중히 읽어줬어? 읽으면서 웃었어? 울었어?" 제
마음도 그렇습니다.

고통의
물살

크리스티안 뤼크
자살 연구 분야의
세계적 권위자

모든 고통을 사라지게 할 수는 없어요.

어떤 사건은 해일처럼 일어나고 그건 통제 밖의 일이죠.

해결할 수 있다, 없다를 논하지 말고

시간이 흐르고 물살이 잦아지도록 두어야 합니다.

고통을 겪고 있는 분이라면,

희망이 있다는 얘기를 해드리고 싶습니다.

거의 항상 죽음의 위기는 지나가기 마련입니다.

그러니 이 위기가 지나갈 때까지

살아 있는 게 유일한 할 일이라고요.

도움을 청하고 기다리면 삶은 다시 밝아질 수 있습니다.

_2024년 11월, 「김지수의 인터스텔라」 인터뷰 중에서

p.s. 스웨덴의 정신과 의사인 크리스티안 뤼크가 쓴 책 『자살의 언어』를 읽었습니다. 자살의 모국어는 수치심이며, 부국어가 있다면 그건 침묵일 거라는 정신과 의사의 문장에 밑줄을 긋습니다. 죽음에서 삶 쪽으로 회심한 한 젊은이의 증언이 가슴에 남습니다. 완벽하게 살진 못해도 그럭저럭 살 수는 있을 것 같았고, 기분이 더 나아지기 위해 필요한 건 나이를 먹을 시간이었다고요.

뭐라도
해

마크 맨슨
작가,
미국 최고의
인플루언서 중 하나

처음부터 좋은 걸 시작할 순 없습니다.

좋은 것이 주어지기를 기다린다면 영원히 기다려야 할 거예요.

너무 하찮아 보여도 일단 뭐라도 하면,

그게 실마리가 돼서 풀리기 마련입니다.

나는 이걸 '뭐라도 해' 원리로 부르죠.

1인 기업을 시작했을 때도

많은 시간을 허송세월로 보냈는데,

부담감에 짓눌려 할 일을 계속 미뤘기 때문이었습니다.

하지만 사소한 거라도 일단 뭔가를 하면,

어려운 일이 차츰 쉬워졌죠.

책의 목차를 짜야 한다면 일단 제목이라도 써보는 거예요.

'뭐라도 해' 원리를 따르면,

실패가 대수롭지 않게 느껴집니다.

대단한 걸 시도한 게 아니라

그저 '뭐라도 한 것뿐'이니까요.

_2023년 12월, 「김지수의 인터스텔라」 인터뷰 중에서

원하는 삶을
살아라

닉 매기올리
미국의 데이터 과학자이자
자산 관리 전문가,
『저스트. 킵. 바잉』 저자

저는 돈과 올바른 투자 방법에 대한 글을 쓰느라
많은 시간을 보내지만, 모든 글의 요점은 하나예요.
원하는 삶을 살라는 거죠.
당신은 설마 세상에서 가장 돈 많은 사람으로
묘지에 묻히는 게 삶의 목적이신 건 아니겠죠? 설마?
여러분은 돈을 벌기 위해 열심히 일합니다.
그러니 여러분이 원하는 대로 써야 합니다.
이보다 더 나은 방식이 있나요?
돈에 너무 집착하지 마세요. 삶을 즐기세요.
여러분이 가질 수 있는 유일한 재산입니다.

_2022년 11월, 「김지수의 인터스텔라」 인터뷰 중에서

우정의
파이

이름트라우트 타르
독일의 심리학자이자
음악 치료사

친구를 보면 우리가 어떤 사람을

내 인생의 무대에 초대했는지 알 수 있어요.

친구는 내가 직접 캐스팅한 인생극장의 공동 주연입니다.

내가 지금의 나인 것도 친구들 덕분이죠.

사랑과 고통,

이 두 가지만이 우리를 다른 사람으로 만듭니다.

우정도 사랑의 한 형태예요.

친구는 우리가 어떤 사람이 될지 함께 결정할 사람입니다.

자기 안위만 생각하는 좁은 시야의 친구 곁에

너무 오래 머물지 마세요.

우리는 모두 마음이 가난한 인간이에요.

그래도 우정에 투자할 시간이 있어서,

시간에 투자할 우정이 있어서 얼마나 기쁜가요.

_2022년 7월, 「김지수의 인터스텔라」 인터뷰 중에서

p.s. '나를 키운 8할은 친구였다'는 말은 청년 시절 나의 단골 멘트였습니다. 험난한 가정사 덕에 일찍 가슴에 바람구멍이 뚫린 나에게 친구는 안전한 병풍이었고 신나는 유원지였지요. 독일의 심리 전문가 이름트라우트 타르가 쓴 책 『그럴수록 우리에겐 친구가 필요하다』는 거의 모든 문장을 필사하고 싶은만큼 아름다워서, 읽던 중간에 인터뷰를 청하고 말았습니다.

살다가
죽는 것만으로도

김진명
현실과 픽션을 넘나드는
대한민국의 대중 소설가

삶의 의미는 뭔가를 이룩해서 얻는 것이 아닙니다.
개인의 가장 큰 공헌은 당대를 살아
다음 세대를 이어간다는 것, 그 자체예요.
위인이나 소인이나 죽음 앞에서 삶의 크기는 같아요.
크게 보면 태어나서 살다가 죽는 것만으로
다음 세대에 기여하는 거지요.
현자인 아리스토텔레스는 '파도가 왜 치는지'
그 이유를 모르고 죽었어요.
당대엔 최고 지식인도 모르던 걸,
지금은 초등학생도 압니다.
인류는 점점 더 미지의 세계로 나아가고 있어요.
그 넓은 흐름 속에 나를 두면
허무나 상실감에서 헤어날 수 있습니다.

_2019년 9월, 「김지수의 인터스텔라」 인터뷰 중에서

p.s. 가을 바람이 소슬한 아침, 김진명이 제천에서 서울 광화문으로 차를
타고 왔습니다. 강직하고 섬세한 장수의 인상을 풍겼습니다. "첫 작품을
쓰고 영원히 못 쓸 거라는 혹평도 들었지만, 작가는 오직 독자를 보고 쓴
다"라고 했습니다. "공동체를 위해 정신을 쓰는 직업이라 작가와 정치인은
부동산 투기를 해서는 안 된다"라는 신념이 인상적이더군요.

햇빛은 찬란하고
인생은 귀하니까요

밀라논나

70대 유튜브
크리에이터

살면서 많이들 힘들어하시잖아요. 제가 그랬어요.

"힘들 땐 울어라. 실컷 울면서 내 감정을 다 알아줘야

마음도 정리 된다. 그렇게 회복되면 일어날 준비를 하자.

왜냐하면 햇빛은 찬란하고 인생은 귀하니까."

우울증에 햇빛만큼 좋은 약이 없다잖아요?

눈떠서 햇빛 보는 게 얼마나 좋아요.

살아보니 인생이 진짜 별 게 아니에요.

산이면 넘고 강이면 건너는 거죠.

70년 살아보니 인생이 평탄하고 싶어도 평탄하지가 않아요.

그래서 어느 순간

'오케이, 이 골짜기 넘으면 또 어떤 벼랑이 올까,

올 테면 와라, 내가 넘어줄게'가 되는 거죠.

사는 게 다 그래요.

_2021년 8월, 「김지수의 인터스텔라」 인터뷰 중에서

불운만
피해도

니시나카 쓰토무
'운의 현자'로 불리는
일본의 변호사

운은 조건으로 결정되는 게 아닙니다.
그렇다고 신비롭고 막연한 것도 아니에요.
나의 운은 항상 남의 운과 연결되어 있다고 생각하면서,
은혜를 갚아야 한다는 마음을 지니면
예외 없이 좋은 운이 들어옵니다.
은혜를 받는 것은 '도덕적 부채'로 쌓입니다.
그런데 이 부채는 금전적 부채보다 운에 안 좋은 영향을 미칩니다.
은혜를 당연하게 여기고 내놓지 않으면 오만함이 생기고,
오만함은 운을 좀먹는 곰팡이와 같지요.
그래서 받은 은혜는 반드시 다른 사람에게 갚아야 합니다.
무엇보다 '도덕적 과실'을 깨닫고 사세요.
'남들 다 하니 괜찮아'라고 생각하지 말고,
스스로 도덕적 잣대를 갖고 살아야 불운을 피할 수 있어요.
따지고 보면 불운만 피해도 얼마나 감사한 인생인지요!

_2017년 11월, 「김지수의 인터스텔라」 인터뷰 중에서

p.s. 니시나카 쓰토무 선생의 인터뷰는 운의 이치를 알려줍니다. 선생은
운은 인연에서 온다는 생각으로 큰 소리로 인사하고, 매년 2만 장씩 연하
장을 쓴다고 했어요. 잠자리에 들 때는 베풀어준 은인을 생각한다니, 불운
조차 놀라서 도망갈 정도 아닌가요?

세계는 점점
나아지고 있다

엔스 바이드너
독일의 심리학자,
'지적인 낙관주의자'

'잘 지내냐?'고 물으면 '죽지 못해 산다'고 엄살을 떨지요.
하지만 사람들의 사회생활은 대부분
그들이 표현하는 것보다 낙관적으로 굴러갑니다.
세계와 변화를 논할 때 어찌 됐건
모든 게 잘못될 거라고 얘기하는 사람들의 말은
하나도 믿지 마세요.
벌어지지 않은 일입니다.
이미 생명존중에 대한 대안으로 인공 고기가 개발됐고,
기후변화에 대한 대처로 전기자동차가 나왔습니다.
믿기 어렵겠지만 세계는 점차 더 나아지고 있습니다.

_2018년 9월, 「김지수의 인터스텔라」 인터뷰 중에서

내 인생의 '화려한 시절'은 언제였습니까?
지금과 그때를 비교해 보면, 언제가 더 평안한가요?

5장

마침내 이르게 될
행복의 말

행복은 결국,
지금 이 순간

　행복은 어디에 있을까요? 행복이란 무엇일까요? 저는 여태껏 인터뷰로 만난 수많은 사람에게 행복에 대한 질문을 던졌습니다. 그런데 물음표를 받아 든 사람들은 대체로 당황했습니다. 불쾌한 것으로 착각할 만큼 심각한 표정을 짓기도 했지요. 지뢰를 밟았거나 풀기 고약한 방정식을 앞에 둔 사람 같기도 했습니다. 행복이란 무엇이길래, 트로피를 손에 쥔 최고의 순간에 반성문을 요구받은 것처럼 복잡한 반응을 보이는 걸까요.

　그 가운데서 지혜의 좌표를 알려준 몇몇 사람이 특별히 기억납니다. 정신의학자 이근후 박사는 질환으로 잘 보이지 않는 눈으로 맑은 미소를 띤 채 말했습니다.

"행복은 신기루예요. 일상의 작은 즐거움으로 큰 슬픔을 덮고 살 뿐이죠. 다행인 건 그나마 자기 성질대로 잘 살다 보면 만족하고, 만족이 지속되면 자주 행복을 느낀다는 거예요."

재독 화가 노은님도 휘파람 불듯 말했습니다.

"행복이 뭔가요? 배탈 났는데 화장실에 들어가면 행복하고 못 들어가면 불행해요. 막상 나오고 나면 아무것도 아니죠. 행복은 지나가는 감정이에요. 눈 떠서 보낼 하루가 있으면 오직 감사한 거죠. 좋은 일도 안 좋은 일도 그냥 받아들이세요. 날씨처럼. 비 오고 바람 분다고 슬퍼하지 말고 해가 뜨겁다고 화내지 말고……."

종교학자 배철현의 의견도 잊히지 않습니다.

"성경의 시편에는 쓰여 있지요. '행복한 사람은 악을 행하는 사람의 꾐에 넘어가지 않고, 죄를 짓는 사람의 곁에 서지 않고, 남을 욕하는 자의 자리에 있지 아니한다'라고. 묵상해 보면 행복한 사람은 뭘 하는 사람이 아니라 뭘 안 하는 사람입니다. 에피쿠로스학파도 정의했죠. 행복은 절제의 예술이라고. 행복은 수준을 알고 적게 가지는 데서 와요."

행복에 대한 정의는 묻지 않았지만, 행복감이 몸에 밴 듯한 사람도 만났습니다. 배우 염정아는 말하는 내내 꽃봉오리가 터지듯 환희의 표정을 감추지 못했지요.

"신기한 게 저는 자주 행복해요. 남편과 와인 마실 때도, 친구와 수다 떨 때도, 밥 먹을 때도, 잠잘 때도 행복해요. 자는 아이들 발을 만져보면 훌쩍 자란 키에 가슴이 막 벅차올라요."

저는 이후에도 전 세계 인문학자들에게 행복에 관한 질문을 집요하게 던졌고, 행복은 실체를 규정하기 힘든 복잡한 언어라는 것을 확인했습니다. 뇌과학적으로 행복은 만족감이나 쾌락에 가깝습니다. 경제학적으로는 욕망과 자본 사이의 줄다리기이고, 사회심리학적으로는 시선의 비교입니다. 과도하게 추구하면 도달하기 어려운 이상이 되기도 하고요.

무엇보다 행복에 관한 가장 뼈 때리는 진리는, 인간은 행복하기 위해 창조되지 않았다는 사실이었습니다. 인간은 타인을 돕기 위해 창조되었고, 진화의 본질은 고통을 통한 개선이라는 팩트에 직면한 뒤 한동안 저는 길을 잃었습니다. 그러나 곧 깨달았어요. 고통과 성취처럼 고난과 행복도 결국은 한데 붙어 있다는 진실을. 기독교 사상가 김기석 선생의 말처럼, 행복은 목적이나 지향이 아니라 돌아볼 때 느끼는 회고적 감정입니다. 나태주 선생은 '저녁 때 돌아갈 집이 있고, 힘들 때 마음속으로 생각할 사람이 있고, 외로울 때 혼자 부를 노래가 있다는 것이 행복'이라고 했습니다.

북토크를 할 때마다 많은 분들이 제게도 행복을 묻곤 합니다. 그때마다 저는 아이와 워터파크 파도풀에 갔던 일화를 들려줍니다.

"파도가 몰려올 때마다 일곱 살 소년은 좋아서 어쩔 줄 몰라 했어요. 파도는 순식간에 키를 넘기고 저는 만세를 하며 아이의 몸을 높이 높이 들어 올렸습니다. 저는 물속에 잠겼고, 머리 위로 햇빛이 쏟아져 내렸어요. 까르르 까르르 아이의 웃음소리가 파도를 넘어갔어요. 그 순간, 저는 생각했어요. 나는 내일 죽어도 여한이 없을 행복의 장면을 만들었구나."

제 책상 한쪽에는 화가 에바 알머슨Eva Armisen의 화집이 있습니다. 행복을 그리는 화가라는 별명을 갖고 있는 스페인 화가 에버 알머슨이요. 그의 그림 속에서 머리카락 사이엔 푸른 파도가 넘실대고, 연인은 팔과 어깨만 닿아도 좋아서 눈을 감고 가족은 여름날 해변에서 기념사진을 찍고, 어른들은 춤을 추고, 노인들은 개를 가슴에 안고, 꼬마들은 불꽃을 움켜쥡니다. 거리를 산책하는 개가 충동적으로 콧김을 내뿜듯, 에바 알머슨의 그림을 보고 있으면 자동적으로 킁킁거리며 행복의 냄새를 맡게 됩니다. '맞아, 맞아. 그랬지. 우리가 이때 참 기쁘고 참 좋았지'라고.

이번 장에서는 현자들이 행복에 대해 언어의 콜라주를 펼쳐냅니다. 입말이니 따라 읽고 되뇌어 보며 그 장면 속으로 들어가 보세요. 멀리서 가까이서 마치 풍경화를 그리듯 필사를 해보시기 바랍니다.

하루하루가
다 노래

양희은
대한민국의 포크 뮤지션

일상을 충실히 살아내면

행복은 멀리 있지 않더라고요.

요즘엔 집근처 단골 목욕탕에서 목욕할 때,

불투명 창으로 빛이 스며들면

그게 얼마나 행복하고 개운한지 몰라요.

변함없이 살아내는 하루하루가 다 노래가 되더라고요.

예쁜 종지 하나가 깨졌다,

된장찌개가 보글보글 맛있게 끓었다…….

그런 게 다 하루하루의 노래였어요.

_2023년 8월, 「김지수의 인터스텔라」 인터뷰 중에서

내가 여기 있다는 기척, 기적

김기석
우리 시대의 목회자이자
기독교 사상가

내가 여기 있다는 것, 그건 기막힌 기적입니다.

그래서 세상이 우리에게 수모를 안겨주려 해도,

나만큼은 나를 수용해야 합니다.

기적으로서의 내 삶을 살아내야죠. 생각보다 어렵지 않습니다.

저는 제러미 리프킨이 들려준 행복의 수학 공식을 좋아합니다.

$H(Happiness)=C(Capital)/D(Desire)$.

사람들은 H 행복값이 커지려면

C 자본 값이 커져야 한다고 생각하지만, 그렇지 않아요.

D 욕망 값을 줄이면 자연히 H 행복값이 커집니다.

D를 조절하는 비법은 소유보다 향유에 가치를 두는 거죠.

'이 정도면 됐어. 이것으로 충분해'.

여러분께 당부합니다.

혹시 '내가 속고 사는 건 아닌지' 돌아보세요.

'이 정도는 누려야 행복한 거지'

남들 기준에 내 인생을 떠맡기는 건 아닌지.

_2024년 7월, 「김지수의 인터스텔라」 인터뷰 중에서

자기 인생의
철학자

한병철
한국계 독일인 철학자,
『피로사회』 저자

의미 있는 걸 하는 게, 사실 어려워요.

인생이 유한하니 좋아하는 것보다

의미 있는 걸 하기로 했어요.

하지만 도취하다 끝나기에 인생은 너무 짧습니다.

그래서 저는 말해요.

모두가 자기 인생의 철학자가 되어야 한다고.

계산하는 사람, 생산하는 사람으로만 살면

똑같은 시간만 반복해서 살 거라고요.

철학자는 다른 삶을 프레젠테이션 하는 존재입니다.

어두운 곳에서 구원의 언어를 들고서…….

_2023년 3월, 「김지수의 인터스텔라」 인터뷰 중에서

돌고 도는
유토피아

알렉산드로 멘디니
이탈리아 포스트모더니즘
건축·디자인의 선구자

유토피아를 간직한 아름다움의 세계…….

그걸 떠올리면 총을 맞는 기분입니다.

도달할 수 없는데, 그걸 알면서도 정진하는 것,

그 자세를 유지하려면 또 지나치게 그걸 쫓아서도 안 됩니다.

늘 다른 사람들이 나보다 유능하다는 걸 깨달아야죠.

내가 잘났다고 생각하면, 성장이 멈춰요.

그러면 내가 그토록 원하던 유토피아에도 도달할 수 없겠지요.

저는 겉으로는 성공한 디자이너처럼 보이지만,

제가 볼 땐 제대로 된 일이 거의 없었어요.

영어로는 에러error, 이탈리아어로는 에어레erróre인데,

이것을 변형하면 에라레errare예요.

'떠돌아다니다, 잘못 알다'는 뜻이죠.

잘못된 것이 계속해서 돌고 도는데,

그중 하나가 딱 덜어져서 히트를 하는 거죠.

_2016년 10월, 「김지수의 인터스텔라」 인터뷰 중에서

p.s. 58세에 데뷔해 전 세계 건축 산업 디자인계를 이끌어온 알렉산드로 멘디니는 아름답고 유쾌한 거장입니다. 저는 그가 디자인한 알레시의 와인 따개 안나G, 스와치의 컬러풀 시계, 단순한 조명 기구도 좋아합니다. 공산 품에 생명을 불어넣었듯이, 인터뷰 내내 공기를 따스하게 덥혀주었던 멘디 니 선생은 2019년 2월에 돌아가셨습니다.

동굴에서
우리는

크리스티앙 클로

미국의 인간 적응
전문가이자 과학 탐험가,
『딥 타임』 저자

두 명의 딥 타이머를 제외하고는
다들 나가고 싶어 하지 않을 정도로
우리는 동굴 안에서 놀라운 자유를 느끼며 적응했습니다.
무엇보다도 우리는 동굴 속 생활을 즐겼어요.
시간의 강요 없이 자신의 리듬을 따르는 삶이 즐거웠기 때문이죠.
사람마다 리듬이 달라요.
이를 인정하고 따르면 잠을 더 잘 자고
압박감을 덜 받게 됩니다.
그러면 해야 할 일이 있어도 각자의 속도로 할 수 있어요.
딥 타임 실험 후 나에게는
도구의 명령을 거부할 수 있는 성찰이 생겼습니다.
알림을 삭제하고, 알람을 사용하지 않으며,
메시지에 즉각 응답하지 않는 등 시간에 쫓기지 않고
서두르지 않아야 삶이 더 나아진다는 사실을
동굴에서 배웠죠.

_2022년 10월, 「김지수의 인터스텔라」 인터뷰 중에서

 p.s. 크리스티앙 클로는 닫힌 동굴에서 40일 동안 새로운 질서를 만들어
가는 15인의 따뜻한 모험 프로젝트 '딥 타임'을 실행하고 책으로 썼습니다.

슬픔과 함께
나아가기

수전 케인
'내향인의 가치'를 발견한
미국의 리더십 전문가이자
저술가

보통의 아이들도 눈부신 지평선을 보면 슬퍼해요.

떠나고 헤어지는 것을 힘겨워하죠.

'언젠가 다시 보게 될 것'이라는 말보다

더 위안을 주는 가르침은

작별의 고통이 삶의 일부라고 말해주는 거예요.

아이들이 우는 이유는 우리가 기만을 가르쳤기 때문입니다.

덧없음에 대해 알려주는 것은 아이뿐 아니라

어른에게도 위안이 돼요.

시인 제라드 맨리 홉킨스는

'봄과 가을'이라는 시에서 소녀에게 이렇게 가르쳐요.

'인간이 태어난 것은 시들기 위해서란다.

네가 슬퍼하는 것도 마거릿, 너 자신인 거야.'

모든 상처가 다 치유되어야 하는 것은 아니에요.

슬픔과 사랑을 동시에 느끼며

다시 웃고 나아갈 뿐이지요.

_2022년 8월, 「김지수의 인터스텔라」 인터뷰 중에서

기억이 사라져도
삶은 계속된다

리사 제노바
미국의 신경과학자이자
소설가, 기억 연구가

저는 깨달았어요.
인간의 감정과 유대감은
알츠하이머병이 파괴할 수 없다는 것을.
병의 후기에 접어든 사람도 여전히 사랑, 외로움, 기쁨, 슬픔,
분노, 평온함 등 인간의 모든 다양한 감정을 느낄 수 있더군요.
알츠하이머를 진단받았다고 해도 삶은 계속됩니다.
기억이 없어도 우리는 서로 사랑하고
사랑받고 있다는 걸 느낄 수 있습니다.
감정 기억은 사라지지 않고
사랑과 기쁨을 이해하는 능력은 더 예민해집니다.
인생의 매 순간을 기억하면서 사는 사람은 아무도 없죠.
기억은 전부이면서 아무것도 아니라는
아이러니를 받아들여야 해요.
치매가 걱정된다면 건강하게 먹고 열심히 배우고 푹 자세요.
그러나 진짜 기억해야 할 것은
당신은 자신의 기억보다 더 큰 존재라는 겁니다.

_2022년 6월, 「김지수의 인터스텔라」 인터뷰 중에서

사랑을
해요

파스칼 브뤼크네르

소설가이자 철학자,
프랑스의 대표적 지성

철학은 삶을 배우는 것,

특히 유한성 안에서 다시 사는 법을 배우는 것입니다.

한 사람의 평생은 새벽과 아침, 정오와 황혼이라는

하루의 여정과 유사합니다.

인생은 봄 여름 가을 겨울이라는 한 해의 구조를 띠고 있죠.

매일 아침 우리는 태양을 선물로 받아요.

여름 아침에 일찍 일어나 달리거나 빠르게 걸을 때,

나는 무한한 행복을 느껴요.

이것이 제가 시간이 주인공인 세계에 맞서 싸우는 방법이죠.

그러나 시간 속에서 나의 주체성을 찾는

최고의 방법은 사랑을 하는 겁니다.

_2022년 2월, 「김지수의 인터스텔라」 인터뷰 중에서

 p.s. 파스칼 브뤼크네르는 영화 〈비터 문〉의 원작자이기도 합니다. 그가 쓴
『아직 오지 않은 날들을 위하여』는 명문의 향연입니다.

어른의 맛

임지호
대한민국의 요리 연구가,
방랑식객

고맙게 먹고 있나? 내가 이 음식을 받을 복을 지었나?

지은 복만큼 맛을 느낍니다.

최고의 셰프가 만들었다고 맛있을까요? 아니에요.

시골 노인이 나그네 불러서 차려준 밥상이 최고지요.

고급 식재료가 따로 있나? 아닙니다.

재료는 사람들이 많이 먹고 빨리 소진되면

비싸지는 것뿐이에요.

식생활에서 가난을 두려워하지 마세요. 결핍을 즐기세요.

안 팔리는 것, 못생긴 것에 주목하세요.

지혜로운 사람은 주워온 것으로도 소중한 먹거리를 만들어내요.

작고 보잘것없는 것들의 하모니, 그 쓰임을 내 몸에, 밥상에,

온전하게 되돌려주세요.

_2020년 11월, 「김지수의 인터스텔라」 인터뷰 중에서

p.s. 임지호를 만난 건 초겨울이었는데, 이듬해 초여름(2021년 6월) 심장 마비로 세상을 떠났습니다. 생각해 보면 빈자도 부자도 아이도 노인도 다 그의 밥을 좋아했습니다. 재벌 회장도, 여배우도 그의 밥상을 받고 눈물을 쏟았지요. 나물을 무칠 때는 삭삭 바람 소리가 났습니다. 자연의 성품과 인간의 슬픔을 헤아리는 임지호의 밥상은 그의 몸을 도구 삼아 이끼, 풀, 돌, 꽃이 연주하는 화해의 칸타타처럼 보였습니다. "밥은 먹었어요?"로 말문을 연 인터뷰는 "밥 먹고 갈래요?"로 끝이 났어요. 인터뷰 내내 금방 꺾어 온 들꽃의 질은 향기가 헐거운 공기를 채웠습니다. 임지호가 대화 중에 가장 많이 한 말은 '온전히 바라본다'였습니다.

인간이 얼마나 아름다운지

김훈
대한민국의 소설가,
우리 시대 최고의 문장가

늙으니까 나와 외계 사이에 구별이 안 돼요.

그전에는 나라는 틀 안에서 잘난 척하고 내 언어를 관리하고

남을 깔보고 자의식의 성벽을 지켰어요.

늙으면 그게 무너지고 흐리멍텅해져요. 진짜예요.

그 흐리멍텅함이, 나는 너무 좋아요.

지금까지 못 보던 게 보여요.

나는 이 앞 호수공원에 나가서 몇 시간씩 앉아 있어요.

지나가는 사람을 관찰하는 거죠.

개를 데리고 가는 어린아이를 보며

'인간이 참 아름답다'는 걸 느껴요.

정신이 명료하지 않은 자식을 데리고

산책을 나오는 어머니가 있어요.

어느 날, 그 아이가 수련을 보고 좋아라 하니

그 어머니가 기뻐하며 나를 불러요.

"우리 애가 꽃의 아름다움을 안다"고요.

인간이 얼마나 아름답습니까. 멍청해지니 그 모습이 보여요.

흐리멍덩해지니 겨우 보여.

_2020년 7월, 「김지수의 인터스텔라」 인터뷰 중에서

청순한
뇌

김완선
대한민국 최초의
여성 댄스 가수

제일 많이 하는 말이

"어떻게 다 잘해?", "이만하면 됐지"예요.

지금 내가 행복한 게 중요해요.

지금 이 순간이 모여서 인생이 되는 거잖아요.

미래에 행복해지겠다? 말도 안 돼요.

저는 엉뚱한 곳에서 발버둥 치지 않고,

지금 행복해지기로 결정했어요.

그렇게 결심한 내가 자랑스러워요.

음악 틀어놓고 혼자 눈감고 춰보세요.

공간 속에서 움직임이 나오면 그게 춤이에요.

사람은 몸을 움직이지 않으면 불행해져요.

행복이 먼 데 있는 게 아니에요.

음악 속에 푹 잠겨 있으면 그게 행복인 거죠.

_2020년 6월, 「김지수의 인터스텔라」 인터뷰 중에서

p.s. 김완선은 '왕년에'라는 말이 어울리지 않는 현역 가수입니다. 시장에
반응이 없어도 하고 싶은 일을 계속하며 산다는 김완선, 인생은 춤이고, 할
머니가 되어서도 춤추고 노래할 거라고 합니다. 뇌가 청순한 게 행복의 비
결이라는 그의 말에 공감의 박수가 절로 나왔습니다.

자연스럽게
나답게

강상중
고물상의 아들로 태어나
재일 한국인 최초로 도쿄대
정교수가 된 정치학자

자연스럽다는 건 '부족함을 안다', '자족한다'는 것이죠.

있는 그대로의 나를 긍정하는 거죠.

과거의 저는 재일한국인으로 태어난 상태를

뛰어넘으려 했기 때문에 무리를 했어요.

생각해 보면 제가 나가노 데쓰오에서

강상중이라는 이름으로 바꾸면서 자연스러움에 가까워졌지요.

나를 너무 의식하면 부자연스러워집니다.

나를 덜 의식해야 다른 사람과 섞여 살 수 있어요.

일도 마찬가지죠.

때로는 '그냥 해보자'는 마음으로

사회에 들어가 일을 해보면서

접점을 만들어보려는 게 더 나은 자세에요.

_2017년 10월, 「김지수의 인터스텔라」 인터뷰 중에서

p.s. 강상중 교수는 고물상 아들로 태어나 비판적 지식인으로 성장했고
『고민하는 힘』 등의 책으로 일본에 '강상중 신드롬'을 일으켰지요. 일에서
무리한 '자아실현'보다, 자연스러운 '나다움'을 추구해야 한다는 말이 울림
이 큽니다.

행복은 절제

배철현
대한민국의 종교학자,
'북촌의 소크라테스'

행복은 절제의 예술이에요.
행복학파인 아테네 철학자 에피쿠로스가 말했죠.
'나는 밀크와 치즈 하나만 있으면 행복하다'고.
수준을 아는 게 행복입니다. 행복은 결국 적게 가지는 데서 와요.
제 복음은 '더 나은 자신이 되는 것'입니다.
우리 각자가 '더 나은 내가 될 수 있다'는 걸 알면
다른 사람을 부러워하고 흉내 내는 삶을 멈출 수 있죠.
자신에게 집중하지 못하니
타인의 삶에 중독되고 분노하는 겁니다.
방송에서 남 먹는 거 쳐다보고, 갑질하는 재벌들 욕하는데
따져보면 근본적인 적폐는 내 안에 있어요.
나를 보는 데 인색하고
시선이 남에게만 가 있으니 남의 불행에 반색하죠.
해결책이 뭐냐?
사람이 자기 자신을 심오하게 쳐다봐야 한다는 거죠.

_2018년 5월, 「김지수의 인터스텔라」 인터뷰 중에서

p.s. 종교학자 배철현은 2012년 가평군 설악면 전원주택으로 이사 가 자
발적 고립을 실천하고 있습니다. '생각은 내 삶에 없어도 되는 것들을 분별
해 내는 능력'이니, '고독한 자기'를 보는 연습을 게을리하지 말라던 당부가
오래 기억에 남습니다.

길에 구르는
개똥 같이 행복해

신구
대한민국의 배우,
연기 장인

배우로 사는 게 즐겁냐구? 개똥 같아.

연금도 없잖아. 그런데 연금만 없나. 상사도 없어.

내 맘대로 해도 되니 얼마나 좋아.

이래라저래라 지시하는 놈 없이 우리끼리 합을 맞추고

상의하니 얼마나 좋냐고.

내가 대단히 도움 주는 일을 한 적도 없는데 사랑받으니

또 얼마나 고마워. 할망구하고 먹고살게 해줘서 고맙고.

개런티 받으면 또 즐거워. 매번 지금이 행복해.

지금이 제일 좋다구. 나이 들수록 더 그래.

이 순간에 집중해서 살려고 해요.

내가 가진 최선을 다해서 쌓이면 그게 내 역사가 되는 거야.

좋지. 돈이 있다고 여유가 있다고 되는 게 아니에요.

그렇게 생각하려고 노력하는 거지.

_2018년 10월, 「김지수의 인터스텔라」 인터뷰 중에서

p.s. 배우 신구를 인터뷰하러 대학로 연극공연장을 찾았습니다. 무대에 선 신구의 몸은 날렵하고 노련했습니다. 공연 후 근처 선술집으로 자리를 옮겼는데 은쟁반에 배달된 소주병을 보자 막대 사탕 본 아이처럼 해맑게 웃더군요. 인터뷰를 마치고 거리로 나가니 그 주위로 연극 하는 젊은 후배들이 "선생님, 선생님!" 하며 하나둘씩 몰려들더군요. 자정 즈음, 대학로 밤거리는 인적 없이 어두운데 신구 주위엔 따뜻한 빛과 소리가 오래도록 너울거렸습니다.

행복은
신기루

이근후
90대의 정신과 전문의,
이화여대 명예교수

순간순간 작은 일에 기뻐합니다.
열심히 공부해서 좋은 점수를 받을 때 기쁘고,
아이들 생산해서 키워낸 것도 기쁩니다.
친구와 좋은 인연을 쌓은 것도 기쁘죠.
네팔에 의료 봉사 다니는 것도,
광명보육원에서 아이들 돌보는 것도 즐거워요.
즐거움을 목적으로 그 일을 하진 않았지만
해서 즐거우니 자꾸 하게 되더군요.
간소하게 끼니만 때워도 행복한 사람이 있고,
진수성찬 차려 먹어도 불행을 느끼는 사람이 있지요.
신기루와 같으니 가타부타 따질 것이 못 됩니다.
분명한 건 자기 성질대로 잘 살다 보면 만족하고,
만족이 지속되면 행복을 느낀다는 거죠.

_2019년 8월, 「김지수의 인터스텔라」 인터뷰 중에서

그냥 받아들이세요,
날씨처럼

노은님
파독 간호사에서
독일 미술계의 거장이 된
재독 한국인 화가

행복이 뭔가요?

배탈 났는데 화장실에 들어가면 행복하고

못 들어가면 불행해요.

막상 나오고 나면 아무것도 아니죠.

행복은 지나가는 감정이에요.

눈떴는데 아직도 하루가 있으면 감사한 거예요.

어떤 일이든 있는 그대로 받아들이면 편한 세상이 돼요.

좋은 일도 안 좋은 일도 수고스럽겠지만

그냥 받아들이세요. 날씨처럼.

비 오고 바람 분다고 슬퍼하지 말고

해가 뜨겁다고 화내지 말고……

_2018년 7월, 「김지수의 인터스텔라」 인터뷰 중에서

p.s. 노은님 선생과는 인터뷰 후에 친구가 됐습니다. 계절이 바뀔 때마다 연필로 그린 그림과 엽서, 때로는 꽃이 그려진 셔츠가 독일에서 새처럼 날아들었지요. 어느 날, '받아들이세요, 날씨처럼'이라는 말을 선물처럼 남긴 채, 훌쩍 저 세상으로 떠났습니다. 돌연변이 화가가 입장했으니 천국도 더 아름다워지겠지요.

알수록
선량해진다

김진명
현실과 픽션을 넘나드는
대한민국의 대중 소설가

인간은 무언가를 '알고 깨달을 때' 진정한 행복을 느껴요.
알면 알수록 인류는 선량해집니다.
지성의 근본도 선량이에요.
그래서 지식이 늘어가면
필연적으로 공존과 동행의 길을 찾아요.
동행이 극화된 마음이 희생이고요.
인간은 남을 위해 나를 헌신할 때
느끼는 만족도가 가장 높아요.
인류는 그런 사람에게 경의를 표하죠.
인간에게 학점을 매긴다면 부자나 대통령에게 A+를 줄까요?
아닙니다. 가난하지만 남에게 봉사를 한 사람에게 A+를 주죠.

_2019년 9월, 「김지수의 인터스텔라」 인터뷰 중에서

극과 극의
벤치

이영표
'성실'의 대명사인
대한민국의 축구인,
2002년 월드컵 영웅

몇 년 전까지 저는 행복을 찾는 데 많은 시간을 보냈어요.

은퇴 후엔 우울증에 빠져 음식 냄새도 못 맡았어요.

죽음까지 생각하다 알게 됐죠.

인간은 뭔가를 이뤄서 행복한 게 아니라,

사랑하고 사랑받을 때 행복한 거라는 걸요.

얼마 전에 집 앞에서 아내와 함께 커피를 마셨어요.

날씨가 쌀쌀해서 긴 옷을 입었는데

햇빛이 어른거리는 그 느낌이 너무 좋았어요.

프리미어리그에서 뛸 땐

벤치에 앉아 있으면 이를 갈았는데……

고작 집 앞 낡은 벤치에서 행복을 느끼다니!

행복의 조건이 환경이라면 그 환경이 사라질까,

행복해도 두려웠을 거예요.

꿈이 있다면, 이 아무것도 아닌 것 같은 일상의 행복을

놓지 않고 사는 거예요.

공기, 꽃, 햇빛, 바닐라라테, 사랑하는 이와 잡은 손……

_2019년 11월, 「김지수의 인터스텔라」 인터뷰 중에서

발뒤꿈치를 들고
햇볕을 쬐고

가마타 미노루
일본 도쿄의대
노년내과 의사

인간의 삶의 방식을 자기계발서로 바꿀 수 있는 사람은
그렇게 해도 좋지만, 대부분의 사람은
그렇게 쉽게 행동 변화가 일어나지 않는 것이 현실입니다.
행복 호르몬인 세로토닌을 분비하기 위해,
도전 호르몬인 테스토스테론을 분비하기 위해,
예를 들어 발뒤꿈치를 땅에서 들어 올려 떨어뜨리거나
햇볕을 쬐는 것 정도는 누구나 할 수 있지 않나요?
몸을 움직이면 심장 박동도 올라가고 체온도 상승합니다.
체온이 올라가면 행복 호르몬인 세로토닌,
쾌감 호르몬인 도파민, 성장 호르몬 분비도 촉진되지요.
행복은 단순해요. 몸을 움직여 심박수를 올리면 되는 거죠.

_2024년 1월, 「김지수의 인터스텔라」 인터뷰 중에서

인내심과
희소성

모건 하우절

『돈의 심리학』, 『불변의 법칙』
저자, 미국 최고의
경제 칼럼니스트

38억 년 진화의 과정을 보세요.

단기간에 일어나는 마법은 없어요.

결국 관건은 작은 변화가 아니라 축적의 시간입니다.

중요한 것은 언제나 지구력입니다.

한 번의 전성기 후 폭락하는 것보다

장기간 평범한 성과를 내는 것이 더 낫습니다.

한 투자자는 연간 수익률이

상위 25%에 든 적이 한 번도 없었지만,

14년 동안 전체 투자자의 상위 4%에 속했어요.

빠르게 성장하면 무르고 밀도 낮은 나무가 돼요.

사랑이든 일이든 투자든

우리 인생에서 중요한 가치를 지니려면 두 가지가 필요해요.

인내심과 희소성입니다.

_2024년 6월, 「김지수의 인터스텔라」 인터뷰 중에서

소똥 묻은
옷을 입고도

조앤 리프먼
전 《월스트리트저널》
부편집장,
퓰리처상 수상 저널리스트

다른 삶을 시작한다고 해서
반드시 더 행복해지는지는 모르겠습니다.
하지만 새로운 방향에서 더 큰 성취감을 느끼는 경우가 많았어요.
넥타이를 맨 경제학자였던 윌 브라운은
소똥 묻은 옷을 입고 트랙터를 운전하면서 행복해 보였습니다.
과거엔 조직의 일부였지만
지금은 일의 전체 흐름을 경영할 수 있다면서요.
그 방향 전환은 재창조가 아니라
이미 존재하는 자신을 더욱 온전히 표현하는 것이었습니다.

_2024년 4월, 「김지수의 인터스텔라」 인터뷰 중에서

최선의
고통

폴 블룸
발달심리학과 언어심리학의
세계적 권위자

당신이 어떤 일을 하든
충분한 고난이 당신과 사랑하는 이를 덮칠 것입니다.
그러니 굳이 더 많은 고난을 찾아 나설 이유는 없어요.
안타깝지만 인간은 행복하도록 만들어지지 않았습니다.
팩트는 우리가 환희와 쾌락 속에 머물지 않고
고통을 통해 더 개선되게 하는 것이
진화의 본질이라는 거죠.
다소 암울한 이 진실을 받아들이면,
담담한 희망의 여정이 시작될 겁니다.

_2022년 4월, 「김지수의 인터스텔라」 인터뷰 중에서

건달
정신

노라노
대한민국 최초의
패션 디자이너

건달 앞에 꼭 백수라는 수식이 붙잖아요. 백수건달.

건달 하려면 돈에 연연하면 안 돼요.

건달처럼 살려면 돈에 관심이 없고

살면서 자기 비위를 잘 맞춰야 해요.

나는 항상 나한테 물어봤어요.

"노라야! 너 뭐 하고 싶니? 노라야! 너 뭐 먹고 싶니?"

남이 내 비위 안 맞춰줘요. 내가 먼저 내 비위 맞추고 나면,

남의 비위도 즐겁게 맞출 수 있어요. 그게 건달 정신이죠.

일할 때 능력과 체력의 한계에서 10% 정도 여유를 둬야 해요.

젊은이들한테도 내가 당부를 해요.

100% 다 하려고 하지 말라고.

여러분들은 아직 인생을 반도 안 살았잖아.

그러니 내 말을 믿어요.

90년 산 내 지혜로 말하면 항상 10%는 남겨둬야 해.

_2017년 11월, 「김지수의 인터스텔라」 인터뷰 중에서

p.s. 혁신에 가까운 성실함으로 살아온 노라노 선생은 한마디 한마디가 다
금과옥조입니다. 내 비위 맞춰 살아야 한다고, 건달 정신으로 살아야 한다
고, 10% 에너지는 남겨두라고, 더도 말고 덜도 말고 딱 제 그릇만큼 살게
되니 너무 걱정 말라는 말씀이 뼈에 사무칩니다.

당신의
반환 시간

애니 듀크

미국의 의사결정 전문가,
세계 포커 챔피언

"회사를 계속 다니면 1년 후 불행할까요?"

"네. 아마도."

"이직하면 1년 후 불행할까요?"

"아니요. 그건 모르죠."

고민하던 사람은 이 대화 후 회사를 그만뒀고,

결과적으로 매우 만족했습니다.

인생이 생각보다 길지 않아요.

돌이킬 수 있는 반환 시간을 기억하고,

그 시간에 이르면 그만하세요!

어떤 일을 하든 인내를 가지고 계속 해야 할 때와

그만두어야 할 때를 아는 건 중요합니다.

_2023년 2월, 「김지수의 인터스텔라」 인터뷰 중에서

p.s. 성실과 끈기는 과연 당신을 더 나은 세상으로 데려가고 있나요? 혹시 낯선 선택지로 안내하는 '리스크 테이크'가 두려워, 관성에 따라 '가짜 성실'과 '억지 끈기'로 제자리를 맴돌며 자신을 학대하고 있지는 않은가요? 애니 듀크는 인터뷰에서 가치가 없는 일을 편집증적인 태도로 수행한다면 우리에게 남는 건 탈진뿐이라고 했습니다.

먹을 자격이
있습니다

모여서 밥 먹는 걸 보면 반갑고 행복해요.

김이 폴폴 나는 거 퍼주면 맛있게 먹어요.

그 밥, 나도 먹어요.

점심 저녁, 나 여기서 같은 밥 먹어요.

3년 전 노숙인들과 나, 여기 식당에서 함께 환갑잔치도 했어요.

행복은 다른 데 있지 않아요.

자신이 가진 것을 나누는 거예요.

내가 가진 시간, 돈, 집, 자동차 지키려고만 하면

뺏길까 봐 늘 긴장해요.

나만 감싸안으면, 밖에서 오는 상처는 안 받아도 공허해요.

손 펴고 팔 벌려서 안아주면,

상처받을 위험 있지만 행복해요.

나누면 채워지고 행복해져요. 그건 진리예요.

_2019년 12월, 「김지수의 인터스텔라」 인터뷰 중에서

p.s. 노숙자와 아이들…… 거리의 사람들을 구제하기 위해 '부르심'을 받은 김하종, 빈첸시오 보르도 신부(오블라띠 선교수도회). 1990년, 이탈리아에서 한국에 오자마자 점심 급식소를 운영하다, IMF이후 성남으로 가서 국내 최초로 저녁밥을 주는 '안나의 집'을 열었습니다. 밑바닥 형제들을 사랑해서 밑으로 내려온 신부는 피 한 방울 안 섞인 그들과 함께 한복을 입고 환갑잔치도 열었습니다. 현재 제가 출간한 책 중 세 권의 인세 30%를 안나의 집에 기부하고 있습니다.

어쨌든
일장춘몽

송승환
시력을 잃어갈수록
명랑해지는 대한민국의 배우,
공연 기획자

어떤 위기가 와도 긍정적인 부분을 생각해요.
죽음조차도 그렇게 생각해요.
내일 죽어도 저는 호상이에요.
더 살아도 지금보다 더 재밌게는 못 살아요.
육십 넘게 살아보니, 인생이 너무 짧아요.
일장춘몽 같습니다.
높이 오르기도 했고, 멀리 나가기도 했고,
눈앞이 컴컴해지기도 했어요.
잘나가도 못 나가도 별 차이 없어요.
보통 사람들의 인생을 들여다보다 깨달았어요.
사는 방식이 다를 뿐
제 각자 다 가치 있는 삶이라는 걸.

_2021년 9월, 「김지수의 인터스텔라」 인터뷰 중에서

심플한 어른의
기술

지춘희
대한민국의 1세대
패션 디자이너

늘 전성기였던 것 같아요. 난 그렇게 느끼고 살았어요.

나빴던 일은 돌아서면 다 잊어버려요.

애초에 나는 뭐가 되어야지, 라고 생각한 적이 없어요.

계획적으로 살지도 않았죠.

그때그때 주어진 대로

만들 수 있는 옷을 내보내면서 살았어요.

꾸준하게 입지를 다져가면서,

함께 나이 들어가는 후배들을 마음으로 응원해 가면서요.

행복해요. 즐겁게 일할 수 있다는 게 축복이죠.

물론 뒤에선 절망도 숱하게 하지만.

40년을 해도 늘 같은 마음이야. 닥치면 늘 끙끙대요.

남이 칭찬해도 제 눈엔 모자란 것만 보이죠.

대신 쇼 끝나면 깨끗이 잊어요. 무 자르듯 단칼에.

_2019년 9월,「김지수의 인터스텔라」인터뷰 중에서

p.s. 40년간 패션계에서 전성기를 이어가고 있는 디자이너 지춘희 선생은
늘 억지로 되는 건 없다고 합니다. 옷 하나를 만들 때는 밥 먹고 숨 쉴 공간
까지 다 생각해서 만든다고 했습니다. 지춘희의 옷에 있다는 특유의 '바람
구멍'이 삶의 태도에도 느껴져서 참 좋았던 인터뷰입니다. 바람구멍과 정
리정돈, 이 두 단어를 기억하고 싶군요.

혜자의
나날들

김혜자
'눈이 부시게' 연기하는
대한민국의 국민 배우

나는 〈디어 마이 프렌즈〉에서 안 잊히는 장면이 있어요.
상대역인 주현 씨한테 "나 잠이 안 와" 그랬더니
자장가로 '서머타임'을 불러주잖아.
저, 그때 너무 좋았어요.
치매가 깊어도 사랑이 구원하는구나.
사랑만이 답인 거죠.
우리는 이제까지 치매라고 하면
며느리가 밥 안 줬다고 악을 쓰는 노인만 봤잖아요.
살아보니 제일 아름다웠던 순간도 가슴 아팠던 순간도
다 소중하게 모여서 기억이 돼요.
뇌가 쪼그라들어도 우리는 사랑하고 사랑받은 기억으로 살아요.
행복했죠.
사랑하는 이를 기다리던 시간도 같이 보던 노을도…….
정말 눈부시게 행복했어요.

_2019년 3월, 「김지수의 인터스텔라」 인터뷰 중에서

철학자 김형석 선생은
'사랑 있는 고생이 행복이었다'라고 했습니다.
여러분의 삶에서 사랑이 있는 고생은 무엇이었나요?

필사는 도끼다

얼어붙은 감수성을 깨는 지성의 문장들

초판 1쇄 발행 2025년 1월 24일
초판 2쇄 발행 2025년 2월 17일

지은이 김지수
펴낸이 김선식

부사장 김은영
콘텐츠사업본부장 임보윤
기획편집 문주연 **책임마케터** 배한진
콘텐츠사업1팀장 한다혜 **콘텐츠사업1팀** 윤유정, 문주연, 조은서
마케팅2팀 이고은, 배한진, 양지환, 지석배
미디어홍보본부장 정명찬 **브랜드홍보팀** 오수미, 서가을, 김은지, 이소영, 박장미, 박주현
채널홍보팀 김민정, 정세림, 고나연, 변승주, 홍수경
영상홍보팀 이수인, 염아라, 석찬미, 김혜원, 이지연
편집관리팀 조세현, 김호주, 백설희 **저작권팀** 성민경, 이슬, 윤제희
재무관리팀 하미선, 임혜정, 이슬기, 김주영, 오지수
인사총무팀 강미숙, 이정환, 김혜진, 황종원
제작관리팀 이소현, 김소영, 김진경, 최완규, 이지우
물류관리팀 김형기, 김선민, 주정훈, 양문현, 채원석, 박재연, 이준희, 이민운
외부스태프 디자인 데일리루틴

펴낸곳 다산북스 **출판등록** 2005년 12월 23일 제313-2005-00277호
주소 경기도 파주시 회동길 490 다산북스 파주사옥
전화 02-704-1724 **팩스** 02-703-2219 **이메일** dasanbooks@dasanbooks.com
홈페이지 www.dasan.group **블로그** blog.naver.com/dasan_books
종이 스마일몬스터 **인쇄** 한영문화사 **코팅·후가공** 평창피엔지 **제본** 대원바인더리

ISBN 979-11-306-6300-5 (03800)

다산북스(DASANBOOKS)는 책에 관한 독자 여러분의 아이디어와 원고를 기쁜 마음으로 기다리고 있습니다.
출간을 원하는 분은 다산북스 홈페이지 '원고 투고' 항목에 출간 기획서와 원고 샘플 등을 보내주세요.
머뭇거리지 말고 문을 두드리세요.

김지수의 인터스텔라

저자 김지수가 기획해 2015년부터 《조선비즈》에 연재해 온 인터뷰 시리즈. '사람이라는 행성 안으로 깊이 들어가 한 사람이라는 우주를 탐구한다'는 컨셉으로 기획되었다. 김혜자, 윤여정, 김형석, 이근후 등 대중에게 익숙한 어른부터 제러미 리프킨, 찰스 핸디, 애덤 그랜트, 이어령과 같은 국내외 석학에 이르기까지 분야와 국적, 나이를 가리지 않고 수많은 자기 삶의 철학자들을 만났다. '어떻게 살 것인가'라는 지혜의 촉을 놓지 않는 최전선의 사람들을 탐구한다는 기준을 갖고 저자는 지금까지도 수많은 행성을 파고들며 탐구를 계속하고 있다. 인터넷 조선비즈 '김지수의 인터스텔라 섹션'과 인터넷 조선일보에서 전 편을 감상할 수 있다. 이 책 『필사는 도끼다』에는 저자가 직접 가려낸 인터스텔라 10년의 에센스 135개의 핵심 문장을 수록했다.